The Nightingale Concert
夜莺演唱会

[俄] 契诃夫 著
郭丽姝 译 赵丽娜 绘

北京理工大学出版社
BEIJING INSTITUTE OF TECHNOLOGY PRESS

版权专有　侵权必究

图书在版编目（CIP）数据

夜莺演唱会 /（俄罗斯）契诃夫著；郭丽姝译 . -- 北京：北京理工大学出版社，2022.4（2025.4 重印）

ISBN 978-7-5763-1018-4

Ⅰ．①夜… Ⅱ．①契… ②郭… Ⅲ．①儿童小说—短篇小说—小说集—俄罗斯—近代 Ⅳ．① I512.84

中国版本图书馆 CIP 数据核字（2022）第 032831 号

责任编辑：武丽娟　　**文案编辑**：武丽娟
责任校对：刘亚男　　**责任印制**：施胜娟

出版发行 / 北京理工大学出版社有限责任公司
社　　址 / 北京市丰台区四合庄路 6 号
邮　　编 / 100070
电　　话 /（010）68944451（大众售后服务热线）
　　　　　（010）68912824（大众售后服务热线）
网　　址 / http://www.bitpress.com.cn

版 印 次 / 2025 年 4 月第 1 版第 2 次印刷
印　　刷 / 武汉林瑞升包装科技有限公司
开　　本 / 880 mm × 1230 mm　1/16
印　　张 / 11
字　　数 / 110 千字
定　　价 / 59.90 元

图书出现印装质量问题，请拨打售后服务热线，负责调换

目录
contents

- 小官吏之死 001
- 套中人 007
- 凡卡 031
- 变色龙 039
- 假面 046
- 苦恼 056
- 醋栗 067
- 男孩 087
- 预谋犯 100
- 胖子和瘦子 109

在催眠术表演会上　115

122　普里希别耶夫士官

嫁妆　129

140　外科手术

夜莺演唱会　148

153　窝囊

不平的镜子　157

163　彩票

小官吏之死

那是一个美好的夜晚,心情愉悦的行政官伊万·德米特里奇·切尔维亚科夫坐在阿卡迪亚剧院的第二排座椅上,举着望远镜观看歌剧《科尔维尼的钟声》,那感觉真是好极了!

突然,他的脸皱了一下,眼睛往一块儿凑,呼吸暂停。他赶紧把望远镜从眼前拿开,一弯腰——阿嚏(tì)!没错,他打了个喷嚏。无论什么时候,从来没人禁止打喷嚏。庄稼汉会打喷嚏,警察局长会打喷嚏,有时候就连三等文官①也会打喷嚏。人人都会打喷嚏。

切尔维亚科夫丝毫不觉得难为情,他用手绢擦了擦鼻子,很有礼貌地看

---

① 三等文官:沙俄时期文职官员的级别,最高为一级,最低为十四级。

了看四周。这个喷嚏不会惊扰到别人吧？可是，他立刻慌了神。他看见有个小老头坐在前面，就在池座第一排。只见那老头一边嘀咕，一边用手套使劲儿擦了擦自己的秃头和脖子。切尔维亚科夫认出这个小老头是在交通部任职的五等文官布里扎洛夫将军。

"我喷着他了！"切尔维亚科夫心想，"虽说他不是我的上司，也不和我一个部门，但毕竟不太好。我得向他道个歉。"

切尔维亚科夫干咳了一声，身子向前探去，在将军耳边低声说道："对不起，大人，我喷着您了。我不是有意的……"

"没关系，没关系。"

"看在上帝的分儿上，请您原谅。我……没想到会这样！"

"啊，您坐下吧！我听歌剧呢！"

切尔维亚科夫觉得很尴尬，他傻乎乎地笑了笑，朝舞台上看去。虽说看着舞台，可是愉快的心情再也没有了，整个人坐立不安。

幕间休息时，他朝布里扎洛夫走去，在他身旁徘徊了好一阵子，终于鼓足勇气说道："我喷着您了，大人，对不起。我并不想……"

"噢，够了！我都忘了，您怎么还没完没了？"将军说道，不耐烦地动了动下嘴唇。

"他嘴上说忘了，可目光却那么犀利。"切尔维亚科夫心想，他忐忑不安地看了看将军，"他不想跟我说话。得跟他解释一下，说我根本没想到会这样,是不得已的,不然他准以为我是在故意打喷嚏。即便现在他不这么想,以后肯定也会这么想!"

切尔维亚科夫回到家后,跟妻子说起了自己干的这件蠢事,可他觉得妻子好像并不在意似的。刚开始她还挺害怕,不过在听到布里扎洛夫不是他的上司后,就放了心。

"不管怎样,还是去道个歉吧,"她说,"不然,他会觉得你在公共场所举止不够得体。"

"说的是啊!我已经道过歉了,可是他的样子很怪,一句有用的话也不跟我说。不过,其实我们也没空说话。"

第二天,切尔维亚科夫穿了一套崭新的文官制服,去找布里扎洛夫将军道歉去了。他刚走进将军的接待室,就看见好多请求接见的人都在这儿,将军本人也在这些人中间,正在接见他们。询问过几个来办事的人之后,将军抬起头看了看切尔维亚科夫。

"昨天在阿卡迪亚剧院,如果您还记得的话,大人,"切尔维亚科夫开口说道,"我打了个喷嚏,不小心喷着您了。对不起……"

"这没什么大不了的!真是荒唐!"将军对下一个来办事的人说道,"您有什么事?"

"他不想跟我说话!"切尔维亚科夫心里这样想着,一瞬间,脸都变白了,"他在生气,这么说……不行,这事不能就这么完了。我得解释

一下!"

将军跟最后一个来办事的人谈完话之后,朝里面的套间走去。

切尔维亚科夫跟在后面,低声说道:"大人!如果说我斗胆打扰了您,大人,那是因为我对昨天的事情感到非常抱歉,十分后悔!我不是故意的,请您原谅!"

将军哭丧着脸，挥了挥手。

"您这是在开玩笑，先生！"说完这一句，将军就进屋去了。

"这哪是在开玩笑啊？"切尔维亚科夫想，"这并不是玩笑！身为将军，却不明事理！既然如此，我再也不向这个自大狂道歉了！见鬼去吧！我给他写封信吧，不再来了！说真的，我不来了！"

切尔维亚科夫这么想着，回到了家。可是他并没有给将军写信，因为他思来想去，怎么也想不出这封信该怎么写，没办法，他只好第二天再次亲自登门向将军道歉。

"我昨天打扰您了，大人，"当将军抬起眼睛，疑惑不解地看着他时，他低声说道，"我不是像您说的那样来开玩笑的，我是来道歉的，我打了个喷嚏，我没想开玩笑。我哪敢开玩笑啊？如果都开起玩笑来，就谈不上尊重别人了……"

"滚出去！"将军脸色大变，突然大喝一声。

"怎么啦？"切尔维亚科夫吓呆了，轻声问道。

"滚出去！"将军跺了跺脚，又喊了一遍。

切尔维亚科夫觉得肚子里有什么东西碎裂了。他什么也看不见，什么也听不见了，只是向门口退去。他步履蹒跚地来到街上，再呆呆地走回家，制服也没脱，就一头倒在沙发上……死了。

套中人

  在米罗诺西茨（cí）基村子尽头、村长普罗科菲的仓房里，晚归的狩猎者在这里过夜。狩猎者有两个人：兽医伊万·伊万内奇和中学教师布尔金。

  伊万·伊万内奇有一个相当古怪的复姓叫奇姆沙-吉马拉伊斯基，这个姓根本不适合他，因此省①里人只叫他的名字和父称②。他住在城边的养马场里，这次来打猎，是想呼吸一下新鲜空气。

  而中学教师布尔金，每年夏天都会来到某伯爵家小住，他早就是这一带的常客了。

---

① 省：省是1708—1929年沙俄及苏联时期的最高行政区域单位，最早由彼得大帝设立。
② 父称：俄国人名由姓、名和父称三部分组成。亲密的人之间通常只以名相称，用名字和父称称呼一个人，表示尊重，在特别庄重的场合才用名＋父称＋姓称呼。

两个人都没睡觉。伊万·伊万内奇又高又瘦，留着长长的小撇胡。他坐在门口，脸朝着门外抽烟斗，月光照在他的身上。布尔金则躺在仓房的干草上，黑暗中看不见他。

他们东拉西扯地聊着，顺便谈起了村长的媳妇儿马夫拉。这个女人身强力壮，也很聪明，可惜她一辈子都没走出过村子半步，既没见过城市，也没见过铁路，十年如一日地守着炉灶，只是偶尔会在夜里到街上走一走。

"这有什么好奇怪的！"布尔金说，"这世上有不少人生性孤僻，就像寄居蟹或蜗牛一样，老想钻进自己的壳里。也许是返祖现象吧，希望回到人类祖先尚未成为群居动物之前、孤独地住在洞穴里的时候，也许这只是千奇百怪的人性当中的一种。谁知道呢？我不是自然科学家，这不关我的事。我只想说，像马夫拉这样的人并不少见。远的不说，就说说近的。两个多月前，我们城里死了一个人，叫别利科夫，是教希腊语的老师，也是我的同事。您肯定听说过他。他这人有一个突出的特点，那就是不管天气有多好，出门时总是穿套鞋①、打雨伞，而且必须穿暖和的棉大衣。他的伞装在套子里，手表也装在麂（jǐ）皮套子里。当他拿出铅笔刀削铅笔的时候，您会发现，铅笔刀也装在一个小套子里。他的脸好像也在套子里似的，因为他老是把它埋进竖起的衣领中。他戴着黑边眼镜，穿着加绒线衣，耳朵用棉花

---

① 套鞋：俄国套鞋大多用软橡胶制作，穿在皮鞋或毡（zhān）靴外面，起到防水防寒的作用。据说起源于南美洲印第安人，也有人认为是英国人最先发明的。

塞住，坐马车的时候，总让车夫放下车篷。简而言之，这人有一种坚定不移的强烈愿望，那就是用外壳把自己包裹起来，给自己造个套子，以便与世隔绝，免受外界干扰。现实世界让他生气、害怕、紧张。也许为了证明这种胆小怕事、讨厌现实的做法是对的，他总是称赞过去，称赞那些根本就不存在的东西。他教授的语言，对他来说，和套鞋、雨伞的作用一样，是用来逃避现实生活的。

"'哇，多么动听多么美妙的希腊语啊！'别利科夫经常面带甜蜜的微笑说道，接着又好像证明这句话似的，眯起眼睛，举起一根手指说'人类！①'他还竭力把自己的全部思想装进套子里。对他来说，只有那些明令禁止的通告和报上的文章才是最好理解的东西。如果通告禁止学生晚上九点以后外出，那他就会觉得清楚明了。既然是明令禁止的，那就够了。对他来说，在允许和批准的事情当中隐藏着某种可疑的东西、某种没有说清的东西。当人们允许在城里组织话剧小组、开设阅览室或小茶馆的时候，他却摇摇头，小声说'当然啦，这种事怎么说呢，挺不错的，只是别出什么岔子才好'。任何破坏、偏离、违反规则的行为都让他感到沮丧，其实这跟他有什么关系呢？如果哪位同事做祷告迟到了，或者听说学生搞了什么恶作剧，或者看见某某女教师晚上跟军官走在一起，他就会感到不安，总是会说'别出什么岔子才好'。开教务会议的时候，他也不断地用他那小心谨慎、疑神疑

---

① 人类：原文"Anthropos！"是希腊语"人类！"的意思。

鬼的劲头，和各种故步自封的想法给我们施加压力，说什么在男子中学和女子中学里，有些年轻人行为恶劣，课堂上非常吵闹。'哎，别把娄子捅到领导那儿去才好，哎，别出什么岔子才好。'他还说，最好把二年级的彼得罗夫和四年级的叶戈罗夫开除。您猜怎么着？他到底还是用他那一贯的唉声叹气、喋喋不休的抱怨和架在苍白小脸上的黑边眼镜把我们给打败了。告诉您吧，他那张小脸就跟黄鼠狼似的。结果我们一再让步，给彼得罗夫和叶戈罗夫的品行减分，将他们关禁闭，最后把他俩都开除了。别利科夫有一个奇怪的习惯，老爱上同事家串门儿。他来到某某教师家里，坐下来却不说话，好像在观察什么似的。他就那么一声不吭地坐着，坐上个把小时就走。他把这叫作'维持同事之间的良好关系'。当然，这样的拜访，对他来说也是一件苦差事。但他不得不来看我们，因为他认为这是他的义务。我们都怕他，校长也怕他。您瞧，我们这些当老师的都是有头脑的正派人，受过屠格涅（niè）夫①和谢德林②思想的教育，可这个老是穿套鞋、打雨伞的人却牢牢控制整个学校已经十五年了！学校算什么？全城都被他控制了！周六的时候，女士们都不组织家庭剧场③演出了，怕被他知道；神甫④也都不好意思当

---

① 屠格涅夫：伊万·谢尔盖耶维奇·屠格涅夫（1818—1883），俄国著名作家、诗人、剧作家，著有《猎人笔记》等。
② 谢德林：米哈伊尔·叶夫格拉福维奇·萨尔蒂科夫·谢德林（1826—1889），俄国作家。
③ 家庭剧场：19世纪俄国知识分子和开明地主热衷的娱乐形式。普希金、托尔斯泰、契诃夫、克雷洛夫等很多作家都参加或举办过家庭剧场。
④ 神甫：天主教的一般神职人员。

着他的面打牌。在别利科夫这种人的影响下,最近十年到十五年,全城人什么都怕。他们害怕大声说话,害怕与人交往,害怕帮助穷人,害怕看书,害怕教人读书写字……"

伊万·伊万内奇咳了一声,想说点儿什么。他先是抽了一口烟斗,看了看月亮,之后才慢条斯理地开了腔:"是啊。有头脑的正派人,他们读过谢德林、屠格涅夫还有巴克尔①等人的著作,却忍气吞声,问题就在这儿。"

"别利科夫跟我住同一幢房子,"布尔金接着说道,"同一楼层,门对门儿。我们经常见面,因此我了解他的家庭生活。他家里也是那样:到处是长衫、罩子,盖着护窗板,拉着门插销,把自己包裹得严严实实,还有许许多多的禁条和忌讳,'天哪!别出什么岔子才好'这句话更是时常挂在嘴边!他还认为吃素有害健康,但是斋(zhāi)戒期间又不能吃荤,所以他就吃奶油煎的鲈鱼,这道菜算不上素食,但也不能说是斋戒期不能吃的菜。他不雇女仆,担心人家说三道四。他有一个厨子叫阿法纳西,是个六十多岁的老头儿,脑子不清醒,疯疯癫(diān)癫的,以前当过勤务兵,因此会做点儿饭。阿法纳西老是双手抱胸站在门口,长叹一口气,反复嘀咕同一句话:'眼下他们这种人多着呢!'别利科夫的卧室很小,像一只箱子,卧室的床上挂着帐幔。睡觉时,他总是把头盖起来。天气又闷又热,风敲打着紧闭的房门,炉灶里嗡嗡直响,从厨房传来一声声不明所以的叹息……他躲在被

---

① 巴克尔:亨利·托马斯·巴克尔,英国历史学家,著有《英国文明史》。

窝里担惊受怕。怕出岔子，怕阿法纳西一刀杀了他，怕小偷闯进来。他整夜整夜做噩梦，早上来学校的时候脸色苍白，一副闷闷不乐的样子。显然学校里的人太多，让他感到害怕。他讨厌一切活的东西，对于他这样一个生性孤僻的人来说，跟我一起走路是相当痛苦的。'咱们教室太吵了。'他经常这么说，像是竭力为自己的痛苦找到合理的解释。您能想到吗？这个希腊语老师、活在套子里的人差点儿结了婚。"

伊万·伊万内奇迅速朝仓房里看了一眼，说道："您开玩笑！"

"没错，他差点儿结了婚，奇怪吧？上头给我们学校派了一名新的史地老师，叫米哈伊尔·萨维奇·科瓦连科，是个乌克兰人。他不是一个人来的，还带着他的姐姐瓦莲卡。科瓦连科很年轻，身材高大，皮肤黝黑，有一双大手，看样子就知道他说话声音低沉，果然，他说话的声音就像是从油桶里传出来似的，砰砰砰的。

"可瓦莲卡已经不年轻了，三十多岁，个子也很高，身材苗条，黑眉毛，红脸颊，总之不是妙龄少女，但像是一颗水果软糖。她很活泼，喜欢热闹，老是唱小俄罗斯人[①]的浪漫曲，还爱大笑。只要碰上一点儿小事她就扯着洪亮的嗓门大笑起来：'哈哈哈！'我记得，我们跟科瓦连科姐弟第一次正式认识是在校长办命名日[②]宴会的时候。在一群板着脸孔、好似参加命名

---

① 小俄罗斯人：历史上对乌克兰人的称呼。
② 命名日：是基督教和天主教圣人纪念日，受洗时神甫以当天出生的圣人为新生儿命名，与生日略有不同。

日庆祝会是在履行义务一般的教师中,她是那么与众不同:又着腰走路,又是笑,又是唱,又是跳。她深情地唱了一首《风儿飘飘》①,然后又唱了一首抒情歌曲,接着又唱了一首。她把大家都迷住了,包括别利科夫在内。他走到她身边,一脸甜笑地说道:'小俄罗斯语既柔和又动听,跟古希腊语一样。'

"这是一句恭维话。她立刻热情且相当诚恳地告诉他,她家在加佳奇②县城有一个农庄,她妈妈住在农庄里,那儿的梨呀、香瓜呀、卡巴卡呀,可好吃了!乌克兰人管南瓜叫卡巴卡,把小酒馆叫希诺卡。他们那儿做的红菜汤和茄子汤'可香了,香极了,简直绝了!'

"我们听着听着,突然所有人都想到了同一件事上。

"'他们要是结婚该多好哇!'校长夫人悄悄地对我说。

"不知道为什么我们都想起来别利科夫还没结婚。我们都感到奇怪,为什么一直以来大家都没注意到,甚至完全忽略了他生活中这么重要的一件事。他对待女人的态度如何,他会怎样解决这个迫在眉睫的问题?以前我们对这事根本不感兴趣,也许我们连想都不曾想过,这么一个不管什么天气下都穿套鞋、睡帐幔的人会爱上别人。

"'他早过四十了,而她三十多……'校长夫人说出了自己的想法,

---

① 《风儿飘飘》:乌克兰歌曲。
② 加佳奇:乌克兰波尔塔瓦州城市。

'我觉得她会嫁给他。'

"在我们这种偏僻乏味的地方，任何不可思议的事都有可能发生！因为那些应该发生的事根本就不会发生。为什么我们大家突然希望别利科夫结婚呢？无法想象他这种人会结婚啊！校长夫人、学监太太，好像学校里所有的女士全都兴奋起来了，她们甚至变漂亮了，好像突然发现了人生的目的。

"女校长在剧院里订了一个包厢，我们看见瓦莲卡坐在她的包厢里，手里拿着一把扇子，光彩照人，非常开心。别利科夫坐在她旁边，一副缩头缩脑的样子，好像有人用钳子夹着他，硬把他从家里拉出来似的。我打算办个晚会，女士们就求我一定把别利科夫和瓦莲卡都请来。总而言之，大家都行动起来了。

"事实上瓦莲卡也不反对嫁人，因为她住在弟弟家里并不觉得多快活，我们不久前才知道他俩成天因为一些小事拌嘴吵架。有一回身高马大的科瓦连科走在街上，身上穿一件绣花衬衫，一绺头发从帽子下面耷拉到额头上，一只手拎着一捆书，另一只手挂着一根手杖。姐姐走在他旁边，也拎着几本书。

"'你呀，米哈伊尔，从没读过这些书！'她大声说道，'我跟你说，我发誓你根本没读过！'

"'告诉你，我读过！'科瓦连科喊道，把手杖敲在人行道上。

"'得了吧,天哪!米哈伊尔!你干吗生气?这是原则性问题。'

"'告诉你,我读过!'科瓦连科的喊声更大了。

"在家里,他们经常像陌生人一样对骂。她大概厌倦了这种生活,想有一个自己的家,再说年纪也不小了。她没机会挑三拣四,随便嫁个人算了,嫁希腊语老师也行。话说回来,大多数年轻小姐都是随便嫁人的,只要嫁出去就行。不管怎么样,瓦莲卡开始对我们的别利科夫产生了明显的好感。

"别利科夫呢?他到科瓦连科家去跟到我们家一样。去了就只是坐着,啥也不说。他不说话,瓦莲卡就给他唱《风儿飘飘》,或者用一双乌黑的眼睛若有所思地看着他,或者突然'哈哈哈'大笑起来。

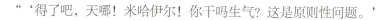

"在恋爱尤其是结婚这种事上,有人助推一下会起到很大的作用。包括男同事和女同事在内的所有人都对别利科夫说他应该结婚,而且还说除了结婚之外他再也不需要什么了。大家都祝贺他,一本正经地跟他说俗套话,比如婚姻是一件严肃的事,而且瓦莲卡长得也挺漂亮,人也很风趣,是五等文官的女儿,家里有田庄,更重要的是她是第一个对他这么温柔热心的女人。别利科夫被大家你一言我一语地说昏了头,竟觉得自己真应该结婚了。"

"这要是能帮他改掉穿套鞋、打雨伞的习惯就好了。"伊万·伊万内奇说道。

"告诉您吧,这不可能。他把瓦莲卡的照片放在家里的桌子上,总是来找我,跟我谈起瓦莲卡,谈起家庭生活,谈到婚姻是一件严肃的事。他常去科瓦连科家,可是他的生活方式却没有丝毫改变,恰恰相反,结婚的决定好像害他生了病。他瘦了,变得苍白了,而且似乎更加喜欢躲进自己的套子里。

"'我喜欢瓦莲卡,'他微微苦笑着对我说,'我也知道每个人都该结婚,可是,您知道,这事发生得有点儿突然,我得考虑一下。'

"'有什么好考虑的?'我说,'结婚就行了。'

"'不,婚姻是一件严肃的事,应该首先权衡一下面临的义务和责任,免得将来出岔子。这件事让我很不安,我整夜睡不着觉。她跟她弟弟的思维方式有点儿怪,他们对事物的看法有点儿怪,而且她的个性太活泼了。结婚的话恐怕以后会惹出事端。'

"因此他一直拖着没求婚,让校长夫人和所有女士大失所望。他始终在权衡面临的义务和责任,可是却几乎每天都跟瓦莲卡出去散步,也许他认为处在他的位置上应该这么做吧。他仍然经常找我谈论家庭生活。如果不是出了一件大事的话,想必到最后他还是会求婚的,就像我们大多数人最终会踏入婚姻生活一样。

"应该说,瓦莲卡的弟弟科瓦连科自打认识别利科夫第一天起就特别讨厌他,受不了他。

"'我不明白,'科瓦连科耸着肩膀对我们说,'我不明白,你们怎么能容得下这个小人,这个爱告密的家伙。唉,先生们,你们怎么能在这儿生活!这儿的气氛污浊不堪,让人窒息。难道你们不是老师,不是教育工作者吗?这里给人的感觉不是科学的殿堂,而是实施高压管理的教区,让人提不起精神来,感觉好像待在监牢里一样。诸位同事,我再跟你们住一阵子就要回田庄去了,我宁愿在那儿捕捕虾,教教乌克兰小孩,也不想继续待在这个地方。我要走了,你们就留在这儿吧,见他的鬼去。'

"有时候他哈哈大笑,直到把眼泪都笑出来的时候才摊开双手,用或低沉或尖细的声音问我:'他干吗总是来我家坐着?他要干什么?每次来都只是坐在那儿看别人。'

"他甚至叫别利科夫'吸血鬼或蜘蛛'。因此我们都避免跟他谈起他的姐姐有意嫁给这只'蜘蛛'。有一天校长夫人暗示他,要是把他姐姐嫁给像别利科夫这样受人尊敬的体面人还是挺不错的。结果他眉头一皱,生气地说:'这不关我的事。她嫁给毒蛇我也不管,我不插手别人的事。'

"现在请听下文吧。有一个好恶作剧的人画了一幅漫画:别

利科夫穿着套鞋打着伞,挽起裤腿,瓦莲卡挎着他的胳膊。漫画下面还写了一句话'恋爱中的人类'。画得很传神,真让人吃惊。作画的人想必熬了不止一宿,因为男子中学和女子中学的所有老师,还有神学院的老师和官员都收到了一张,就连别利科夫也收到了一张。这张画给他造成了深刻影响。

"我们一起从家里出来,那天正好是五月一日星期一,我们所有的老师和学生说好在学校集合,然后一起步行出城去小树林。我们出来的时候别利科夫铁青着脸,愁云满面。

"'这些人真差劲,太坏了!'他说着,嘴唇不住地颤抖。

"我倒有点儿可怜他了。我们正走着,突然看见科瓦连科骑着自行车经过,后面跟着瓦莲卡,她也骑着自行车,满脸通红,一副疲惫的样子,但是很开心。

"'我们要往前骑!'她叫道,'天气多好啊,太好了,简直绝了!'

"两个人走远了。别利科夫的脸色从铁青变成苍白,整个人吓呆了。他停下脚步看着我。

"'请问,这是怎么回事?'他问,'还是我看错了?难道教师和女人应该骑自行车吗?'

"'有什么不应该的?'我说,'让他们骑去呗。'

"'这怎么行?'他叫道,对我的回答感到震惊,'您说什么呢?!'

"他是那么吃惊,以至于不想再往前走,转身回家了。

"第二天他一直神经质地搓着双手,浑身发抖,从脸色上看他很不舒服,连课都没上就走了,这在他生平是头一回。而午餐,他也没吃。虽说已是夏天了,但临到傍晚他依旧穿得暖暖和和的,慢慢地向科瓦连科家走去。瓦莲卡没在家,他只见到了她弟弟一个人。

"'请坐,非常欢迎。'科瓦连科皱着眉冷冷地说,当时他睡眼惺忪,午饭后正想歇一会儿,心情很不好。

"别利科夫一言不发地坐了十分钟左右才说道:'我来找您,是想卸下心里的一块石头。我非常非常难过。有一个爱惹事的家伙画了一幅画,把我和一个对我俩来说都很亲近的人画得很可笑。我认为有责任让您知道我跟这件事没关系……我绝不允许开这种玩笑,相反,我的品行一直相当端正。'

"科瓦连科坐在那儿噘(juē)着嘴,一言不发。别利科夫等了一小会儿,继续伤心地小声说道:'我还有点儿事想跟您说。我入职多年了,您才刚开始工作,作为老同志我认为有责任提醒您。您喜欢骑自行车,但这种消遣对一名以教育年轻人为己任的教师来说很不合适。'

"'为什么?'科瓦连科用低沉的声音问道。

"'难道这还用解释吗,米哈伊尔·萨维奇,难道您不明白吗?如果老师骑自行车,那学生呢?还不得上房揭瓦呀!既然是通告禁止的那就不行。我昨天吓坏了!看见您姐姐那会儿我感觉糟透了。女人或者姑娘家骑车,简直太可怕了!'

"'您到底想干什么?'

"'我的目的只有一个,那就是提醒您,米哈伊尔·萨维奇。您还年轻,前面的路还很长,所作所为得非常非常小心才行。可是您却毫不在乎,唉,根本不在乎!您穿绣花衬衫,上街时总是拿着书,现在又骑自行车。您跟您姐姐骑车的事校长会知道,然后就会传到督学耳朵里,有什么好处呢?'

"'我和姐姐骑车这事跟任何人都没关系!'科瓦连科说道,脸涨得通红,'谁要是干涉我家里的事,我就叫他见鬼去。'

"别利科夫的脸唰地变白了,他站起身。

"'如果您用这种口气跟我说话,那我就无法继续说下去了,'他说,'请您永远不要当着我的面这么说领导。您应该尊重权威。'

"'难道我说过领导的坏话吗?'科瓦连科问道,恶狠狠地看着他,'请让我清静一会儿。我是个诚实的人,不想跟您这样的先生说话。我不喜欢小人。'

"别利科夫神经紧张地慌乱起来。他迅速穿好衣服,一脸错愕(è)。这是他这辈子头一次听见这么无礼的话。

"'你尽管可以随便说去,'他说着走出前厅来到楼梯间,'我只想提醒您,也许有人听见了我们的谈话,因此为了避免被人曲解,出什么岔子,我得向校长先生汇报咱们谈话的内容……挑主要的说。我有义务这么做。'

"'汇报？去吧，汇报去！'

"科瓦连科从后面抓住他的脖领子一推，别利科夫就滚下了楼梯，套鞋碰到楼梯啪啪地响。虽然楼梯又高又陡，他滚下去之后却安然无恙。他站起来摸了摸自己的鼻子，眼镜没摔坏吧？就在他从楼梯上滚下来的这时候，瓦莲卡和两位女士正巧进来。她们站在下面看着。对别利科夫来说没有比这更可怕的事了。还不如摔断脖子摔断腿，总比成为笑料强。这下子全城都该知道了，会传到校长那儿，再传到督学那儿。唉，别出什么岔子才好！又该有人画漫画了，结果可能会是领导让他辞职……

"他从地上站起来之后，瓦莲卡认出了他。她看着他可笑的脸、弄皱了的大衣，还有套鞋，没明白是怎么回事，还以为是他自己不小心摔下来的。接着她再也忍不住了，放声大笑起来，'哈哈哈！'笑声响彻全楼。

"这洪亮爽朗的笑声把一切都画上了句号，包括谈婚论嫁的可能和别利科夫生存下去的机会。他听不见瓦莲卡的话了，也什么都看不见了。回到家后，他将她的照片从桌子上撤走，躺下之后，就再也没有起来。

"大约三天后，阿法纳西来找我，问我是不是得请个医生，因为先生的情况不太好。我来到别利科夫家。他躺在帐子下面蒙着被，一言不发。问他话时也只答是或不，之后就不再吱声了。他躺着不动，阿法纳西在身边侍候着。阿法纳西满面愁容、眉头紧锁，不住地叹气，身上有一股小酒馆里的酒味儿。

"一个月后别利科夫死了。我们大家埋葬了他,也就是说两所中学和一所神学院的人埋葬了他。他躺在棺材里,表情温和而愉快,甚至还挺高兴。他的确应该高兴,因为他终于给放进套子里了,永远出不来了。没错,他实现了自己的愿望!好像是为了纪念他似的,下葬的时候天阴沉沉的,下着雨,我们都穿着套鞋打着伞。瓦莲卡也参加了葬礼,棺材放进墓穴里的时候,她低声哭了起来。我发现乌克兰人要么哭要么笑,没有中间情绪。我承认埋葬别利科夫这种人是一件赏心乐事。我们从墓地回来的时候,脸上挂着假惺惺的严肃表情。谁都不想流露出开心的感觉,它很像我们很久很久以前体会过的那种感觉,那种小时候大人出门后我们在园子里疯跑个把小时、尽情享受自由的感觉。哇,自由,自由!即便有一点点迹象、一点点获得自由的微弱的希望,都能为灵魂插上翅膀,不是吗?

"我们从墓地回来后心情好极了。但是过了不到一个礼拜,生活又回到了老样子,还是那么乏味、让人厌倦、毫无意义。我们的生活没有被通告禁止,但也没有得到完全的允许,没有变得更好。虽然别利科夫被埋葬了,但是还有很多活在套子里的人,将来也还会有很多这样的人!"

"问题就出在这儿。"伊万·伊万内奇说完抽了一口烟斗。

"还会有很多这样的人!"布尔金又说了一遍。

中学教师从仓房里走了出来。这人身材不高,胖胖的,头发全秃,一把黑胡子几乎长到腰间。跟着他出来的还有两条狗。

"月亮,月亮!"他抬头看着天上。

已是半夜。往右能看见整个村子,长长的街道延伸得很远,约有五俄里①。一切都沉浸在安静深沉的睡梦中,没有动作也没有声音,简直难以相信大自然竟会这么静。当你在月夜下看见宽阔的乡村街道和街道上的农舍、草垛和垂柳时,灵魂都静下来了。一切寂然无声,街道隐藏在漆黑的阴影里,没有操劳,没有烦恼,也没

---

① 俄里:俄制长度单位,1俄里≈1.0668千米。

有痛苦。它是如此温和、忧伤、美好，好像星星也在温柔地看着它，备受感动，好像这世上没有恶行，一切都是这么美好。左边，田野在村子的尽头展开，老远就能看见，一直延伸到地平线上。在洒满月色的广阔田野上也没有一点儿动作，没有一点儿声音。

"问题就出在这儿，"伊万·伊万内奇重复了一遍，"我们住在城市里，活在沉闷拥挤的气氛中，写着没用的文件，玩着纸牌游戏，难道不也跟套中人一样吗？我们一辈子活在游手好闲、只知道打官司告状的人中间，说着、听着各式各样的废话，难道不也跟套中人一样吗？您要是愿意，我给您讲一个很有教益的故事。"

"不，该睡觉了，"布尔金说，"明天见！"

两人走进仓房，躺在干草堆上，盖上被子，打起盹来。突然，他们听见一阵轻轻的脚步声，"啪嗒，啪嗒……"有人在仓房不远处走动。走了一会儿就停了下来，过了一分钟又听见"啪嗒，啪嗒……"的声音，狗生气地咕噜着。

"是马夫拉。"布尔金说。

脚步声听不见了。

"看别人作假，听别人撒谎，"伊万·伊万内奇说着把身子转向右侧，"别人还说你是傻子，因为你一直在忍受这些谎言，忍受屈辱和蔑视，不敢公开声明你站在诚实自由的人一边。你自己也常常撒谎、假笑，无非是为了混口饭吃，为了有一个温暖的窝，为了某个分文不值的官职。不，不能再这么下去了！"

"唉，您这话就扯远了，伊万·伊万内奇，"中学老师说道，"睡吧。"

约莫十分钟布尔金已经睡着了，可是伊万·伊万内奇还在辗（zhǎn）转反侧，不住地唉声叹气。然后，他站起身又来到外面，坐在门口处，点上烟斗抽了起来。

凡卡

凡卡·茹科夫是个九岁男孩，三个月前被送到鞋匠阿利亚欣家当学徒。

圣诞节前一天夜里，他没有躺下睡觉。等到主人和帮工出去做晨祷之后，凡卡从主人的柜子里拿出一个小墨水瓶和一支笔尖生锈的钢笔，把一张皱巴巴的纸铺在面前，开始写信。在写下第一个字母之前，他胆战心惊地朝房门和窗口看了好几次，又瞥了瞥房间两侧摆满鞋楦（xuàn）子的黑黢（qū）黢的搁（gē）板，深深地叹了口气。那张纸放在一条长凳上，他自己则跪在凳子前。

他写道：

亲爱的爷爷，康斯坦丁·马卡雷奇！

我在给你写信。祝你圣诞节快乐,祝你一切都好。我没有爸爸,也没有妈妈,就只有你一个亲人。

凡卡抬起眼睛向漆黑的窗口看去,闪闪的烛光映在窗户上。他清楚地想起了自己的爷爷康斯坦丁·马卡雷奇,爷爷在日瓦列夫老爷家当更夫,是个矮小瘦弱但异常灵巧活泼的老头,六十多岁,有一张笑盈盈的脸和一双醉意蒙眬的眼睛。

白天他在仆人干活的厨房里睡觉,或者跟厨娘开玩笑逗乐子,到了夜里,就裹上肥大的皮袄,在宅院四周转悠,不停地敲梆子。老母狗卡什坦卡和一条叫泥鳅的公狗耷拉着脑袋,跟在他身边。之所以叫泥鳅,是因为它是黑色的,身子长,像伶鼬(yòu)一样。泥鳅特别恭顺温和,看陌生人的目光跟看自家人的一样,很讨人喜欢,但它从不滥用这种信任。然而在它的恭顺温和的外表之下,却隐藏着最阴险狡诈的性情。没有哪条狗能像它那样悄悄靠近你,再出其不意地咬住你的裤腿,或者溜进冷藏室里,或是偷走农民的鸡。它的后腿被人打伤过好多次,有一两次还给吊了起来,每个礼拜都让人打得半死,可它总能复原。

这会儿,爷爷大概正站在大门口,眯着眼睛眺望村里教堂那鲜红的窗口呢,要么就是用穿毡靴的脚打着拍子,跟仆人逗趣。他把梆子系在腰间,不停地拍着手,冻得缩成一团,嘿嘿地笑着,一会儿掐一下女仆,一会儿拧一下厨娘。

"想闻闻鼻烟壶不？"他说，将自己的鼻烟壶送到农妇们眼前。她们闻了之后直打喷嚏。

爷爷则乐不可支，发出欢快的笑声，叫道："当心别感冒呀！"

爷爷还把烟斗给他的狗闻。卡什坦卡打了几个喷嚏，扭了扭脸，生气地走到一边。泥鳅毕竟温驯，它不打喷嚏，只摇摇尾巴。

天气好极了！四下里静悄悄的，空气清澈而新鲜。夜很黑，但能看见全村的白色屋顶和烟囱里升起的缕缕炊烟，树上挂着银白色的冰霜，到处是雪堆。一闪一闪的快乐星光布满天空，银河的轮廓被勾勒得如此清晰，好像它在过节前被人洗过、被雪擦过似的……

凡卡叹了口气，把笔尖蘸（zhàn）湿，继续写道：

昨天我挨打了。主人扯着我的头发把我拽到外面，用做鞋的皮带子抽我，因为我给他家的小孩摇摇篮时，不小心睡着了。前几天，女主人让我收拾一条鲱鱼，我是从尾巴开始收拾的，结果她抓起鲱鱼就把鱼头往我脸上戳。帮工总是戏弄我，派我去小酒馆打酒，还让我偷主人的黄瓜，主人随便抄起什么家伙就打我。我也没什么可吃的东西，早上只有一点儿面包，中午一些粥，晚上还是面包，只有主人才有茶吃、有汤喝。他们让我睡在过道里，要是他家的小孩哭了，我就没法睡觉，得一直摇摇篮。亲爱的爷爷，行行好，把我领回家去，让我回村子吧，我没有一点儿指望了……求求你，我会一直向上帝祈祷的，把我从这儿带走吧，不然我会死的……

凡卡撇了撇嘴，用脏兮兮的拳头擦了擦眼睛，啜（chuò）泣着。

他继续写道：

我会给你搓烟叶。看在上帝的分儿上，要是你愿意，可以用鞭子打我，就像打西多罗夫家的羊那样。要是你觉得我没事可干，我就求管家让我擦靴子去，或者替费佳给牧羊人打下手。亲爱的爷爷，我没什么指望了，只有死路一条。我本想步行走回村里，可是没有皮靴，天又冷。等我长大了，我要好好养活你，不让别人欺侮你。要是你死了，我会为你的灵魂祈祷，就像为妈妈佩拉格娅祈祷那样。

莫斯科很大。净是老爷家的房子，马也很多，可是没有羊，狗也不凶。

这儿的孩子不举着星星灯游行，也没人去唱诗班唱歌。有一回我在一家店铺的窗户里看见鱼钩连着鱼线一起卖，钓啥鱼都行，非常结实，一个钩子能禁住一普特重的鲇（nián）鱼。我还看见有几家铺子卖各式各样的猎枪，跟老爷家的一样，恐怕得一百卢布[①]一支……肉铺里有黑琴鸡、花尾榛鸡和兔子，可店伙计不说它们是从哪儿打来的。

亲爱的爷爷，等老爷家摆放着圣诞树和礼物时，给我拿一个金纸包着的

[①] 卢布：俄罗斯等国的本位货币，辅币为戈比，1 卢布 =100 戈比。

核桃，把它藏在绿色的小箱子里。你跟奥莉加·伊格纳季耶夫娜小姐要，就说是送给凡卡的。

凡卡抽抽搭搭地叹了口气，又盯着窗户。他想起来爷爷为了给老爷家准备圣诞树常去小树林，而且每回都会带上他。那些日子多开心啊！爷爷高兴得咯咯叫，树也冻得嘎嘎响。看着他们，凡卡也高兴得咯咯叫。通常在砍树之前，爷爷得抽一阵子烟斗，闻老半天烟叶，笑话冻僵了的凡卡。

挂满霜花的小冷杉一动不动地站着，像是在等着看哪一棵会先遭殃。砍树时，雪堆里总会突然有一只兔子像箭一样嗖地蹿出来……

爷爷大叫道："抓住它，抓住它，抓住它！哎呀！这短尾巴的小东西！"

爷爷把砍下来的冷杉树拖到老爷家里，接着他们就开始装扮它。

最忙的要数奥莉加·伊格纳季耶夫娜小姐了，凡卡好喜欢她。凡卡的妈妈佩拉格娅还活着的时候在老爷家帮佣，奥莉加·伊格纳季耶夫娜总给凡卡拿冰糖吃，没事时还会教他读书、写字，数到100个数，甚至教他跳卡德里尔舞①。

佩拉格娅死后，他们把孤苦无依的凡卡打发到下人的厨房去跟爷爷住，又从那儿把他送到莫斯科的鞋匠阿利亚欣家里……

凡卡继续写道：

快来吧，亲爱的爷爷。我祈求上帝，把我从这儿带走。可怜可怜我这个不幸的孤儿吧，他们总是打我。我好想吃东西，又很寂寞，可是不能说出来，只能哭。前几天主人用鞋楦子打我的头，我摔倒了，好不容易才醒过来。我的生活完了，连狗都不如……代我向阿莲娜、独眼龙叶戈尔卡和车夫问好，再有就是别把我的手风琴送人。你的孙子伊万·茹科夫，亲爱的爷爷快来。

---

① 卡德里尔舞：18世纪出现的一种法式舞蹈，19世纪末之前在欧洲和俄国十分流行，有两对或四对舞伴。

凡卡把纸折成四折放进信封里，信封是前一天他花一戈比①买来的。他想了想，把笔尖蘸湿，写下地址：

乡下爷爷收。

然后他搔了搔脑袋，想了一会儿，又添上一句：

康斯坦丁·马卡雷奇收。

他很高兴写信时没人打扰。他戴上帽子，没披皮袄，只穿一件衬衫就跑到了街上。

前一天，他问过肉铺伙计，那人告诉他，信得投进邮筒，之后醉醺醺的邮政车夫就会赶着挂了铃铛的马车把信送到全国各地。

凡卡跑到第一只邮筒前，把珍贵的信送进狭窄的投递口。

凡卡陶醉在甜蜜的期待中，一小时后就沉沉地睡着了……

他梦见了火炕②。爷爷坐在炕上，垂着两条光腿，给厨娘们读他的信。泥鳅摇着尾巴在炉子旁边走来走去……

---

① 戈比：俄罗斯等国的辅助货币，1卢布=100戈比。
② 火炕：一种既能做饭、取暖，又能当床睡的炉子。这种炉子由砖或黏土砌成，通常放在屋子中间方便取暖。炉子上面是火炕，可睡1～2个人，最多可睡5～6个人。

变色龙

警官奥丘梅洛夫身穿崭新的军大衣、手提小包,从市场上走过。他身后跟着一名红发警察,端着满满一筛子没收来的醋栗。

四周一片寂静,市场上一个人也没有。小卖铺和小酒馆的门开着,无精打采地看着这个凡尘俗世,像一张张饥饿的嘴。附近连个乞丐都没有。

"你怎么敢咬人,狗崽子!"奥丘梅洛夫突然听见有人嚷嚷,"伙计们,别放走它!如今这世道不许咬人了!抓住它!啊……啊!"

随后,传来一阵狗的尖叫声。

奥丘梅洛夫闻声望去,只见一只小狗用三条腿蹦着,从小商贩皮丘金的木柴仓库里跑了出来,边跑边回头张望。它身后,有个人正在紧追不舍。这人穿着一件浆洗过的印花衬衫和敞着怀的坎肩儿。只见他紧追着狗,突然身

子向前一纵，扑倒在地，抓住了小狗的两条后腿。紧接着，又传来了狗的尖叫声和那人"别放走它！"的喊声。

一张张睡眼惺忪（xīngsōng）的脸从小卖铺里伸了出来。很快，木柴仓库周围就聚集了一帮人，好像是从地底下冒出来似的。

"似乎出乱子了，长官！"警察说道。

奥丘梅洛夫朝左边转过半个身子，向人群聚集的地方走去。木柴仓库周围站着刚才提到的那个敞着坎肩的人。只见他举着右手，给大家展示那根血淋淋的手指头，半醉半醒的脸上仿佛写着这么一句："我要扒了你的皮，狗崽子！"而那根手指头宛如一面胜利的旗帜。奥丘梅洛夫认出这人是珠宝匠赫留金。人群中间的空地上坐着这起事件的元凶。这是一只白色灵缇（tí）犬，嘴巴尖尖的，背上有黄色斑点。它后腿叉开，浑身发抖，泪汪汪的眼睛里流露出忧伤和恐惧的神情。

"怎么回事？"奥丘梅洛夫钻进人群问道，"干吗都围在这儿？你那手指头怎么了？嚷嚷啥？"

"长官，我走路呢，没惹谁呀……"赫留金开口说道，冲着握起的拳头咳了几声，"我正跟米特里·米特里奇谈木柴的事，突然这狗崽子不分好歹咬我的手指头。您得体谅我，我是个手艺人，干的是精细活儿。他们得赔钱，因为我这手指头可能一个礼拜都动不了了！长官，法律可没规定挨了牲畜的咬就得忍着，要是每条狗都乱咬人，那还甭活了呢……"

"嗯！好……"奥丘梅洛夫咳了几声，扬了扬眉毛厉声说道，"好，是谁的狗？这事我可不能不管。我要让你们瞧瞧纵容恶狗咬人的下场！该管管那些不守规矩的家伙了！得好好罚一罚这个坏家伙，让他知道随便放畜生乱跑的后果！给他点儿颜色瞧瞧！……叶尔德林，"警官对警察说道，"去查查这是谁家的狗，做个笔录！至于狗，尽快宰了！它可能是条疯狗……是谁的狗，有没有人知道？"

"好像是日加洛夫将军的狗！"人群中有人喊道。

"日加洛夫将军？哦！叶尔德林，把我的大衣脱了……天可真热！快下雨了吧？有一件事我不明白：它怎么能咬到你呢？"奥丘梅洛夫对赫留金说，"难不成它够得着你的手指头？它这么小，而你人高马大的！你那手指头准是钉子弄破的，可你却起了坏心眼，想敲上一笔。你可是……名声在外！我了解你们这种人！"

"长官，他拿烟头戳它的脸寻开心，它也不傻，一口就咬住了……他这人就爱惹事，长官！"

"独眼龙，你胡说！你没看见，为啥胡说？长官自有主张，他知道谁在撒谎，谁凭良心说话……如果我撒谎，就让治安官来审我。法律有规定，现在人人平等了。我有个兄弟在宪兵队……我跟您说……"

"不许狡辩！"

"不，不是将军的狗……"警察若有所思地说道，"将军没有这种狗，他家的都是猎狗。"

"你肯定吗?"

"是的,长官。"

"我就说嘛。将军家都是名贵的纯种狗,可是这一条,鬼知道什么玩意儿!毛色不好,样子也难看……便宜货一个!将军会养这种狗?你们有没有脑子?这种狗要是在彼得堡或者莫斯科会有什么下场,知不知道?那儿的人可不管什么法律,一眨眼的工夫就叫它断了气!赫留金,你受苦了,这事不能算完,得好好罚一罚他们!是时候啦……"

"也可能是将军的狗,"警察说道,"它脸上又没写着是谁家的。前几天,我在他家院子里见过这么一条狗。"

"没错,是将军的狗!"人群中有人说。

"哦!叶尔德林老兄,把大衣给我穿上吧,怎么起风了呢?有点儿冷。你把狗领到将军家去,问问他。就说是我找到的,给他送回来了,告诉他别再把狗放出来了……它可能很名贵,要是每个混蛋都拿烟头戳它的鼻子,还不给弄坏了?狗生性温柔……你这笨蛋,把手放下!别老举着那根可笑的手指头!是你自找的!"

"将军家的厨师来了,咱们问问他。嗨,普罗霍(huò)尔!过来,亲爱的!看看这狗,是你家的不?"

"胡扯!我们家从没养过这种狗!"

"不用再问了,"奥丘梅洛夫说,"这是条野狗!用不着多说了,我说它是野狗就是野狗!宰了就完了。"

"不是我们家的,"普罗霍尔接着说,"是将军哥哥家的,他前几天才来。我们家没有灵缇犬,他哥哥家有……"

"他哥哥来了?弗拉基米尔·伊万内奇来了?"奥丘梅洛夫满脸堆笑地问道,"天哪!我怎么不知道呢!是要来住上一阵子吧?"

"对……"

"我的天哪!他是想念自家兄弟啦!我怎么不知道呢?这么说,是他老人家的狗?好极了,把它带走吧。这小狗真不赖,够机灵,一下子就咬住手指头了!哈哈哈,你干吗发抖啊?呜……呜……小家伙生气了,好一条小狗。"

普罗霍尔叫上狗,带着它离开了木柴仓库……围观的人冲着赫留金好一顿笑。

"以后再收拾你!"奥丘梅洛夫狠狠地说道,把大衣裹紧,继续往市场里走。

# 假面

  某公益俱乐部里正在举办慈善假面舞会,或者按照当地小姐们的说法,就是化装舞会。

  已是半夜十二点。没戴面具也没跳舞的人有五个,他们坐在阅览室的大桌子后面埋头看报、打盹儿,或者用首都报社驻当地一名极端自由派记者的话来说,是在"思考"。

  客厅里传来卡德里尔舞曲《风门》的声音。仆人们步履匆匆,时不时从门口跑过去,端着的餐具发出叮叮当当的响声。阅览室里倒是挺安静。

  "这里好像更舒服!"突然听见一个低沉喑(yīn)哑的声音,好像是从炉子里传出来似的,"过来!大伙儿都过来!"门开了,一个肩宽背厚的敦实的男人走进阅览室。他一身车夫打扮,戴着面具,帽子上插着几根孔雀

毛。跟他进来的有两个戴面具的女人和一个端托盘的仆人。托盘上有一只装甜酒的大肚玻璃瓶、三个装红酒的瓶子和几只玻璃杯。

"过来！这里凉快，"男人说道，"把托盘放在桌上。坐下吧，小姐！有请！你们几位先生，腾个地方……放不下！"

男人晃了晃身子，手一挥，把几本杂志从桌上打了下去。

"把托盘放在这儿！你们这些看报的先生呢，赶紧腾个地方。不要在这里读报纸研究政治了……别看了！"

"请您小点儿声，"一位文人说道，透过眼镜看了看面具男，"这里是阅览室，不是小吃店，也不是喝酒的地方。"

"为什么？这儿的桌子不稳当，还是天花板要塌了？怪事！不过嘛……我没空跟你闲扯！别看了……看一会儿得了，你们已经够聪明了，再说看报对眼睛也不好，最要紧的是我不想让你们看，就这么回事。"

仆人把托盘放在桌子上，将餐巾搭在肘弯处，在门口站定。两个女人立刻拿起红酒瓶。

"这些聪明人竟然认为报纸比美酒还好。"插孔雀毛的男人一边说，一边给自己倒上甜酒，"在我看来，你们这些可敬的先生之所以爱看报，是因为没钱买酒。我说得对不？哈哈！看的什么报！告诉我，那上面写什么了？眼镜先生！您读到哪些趣闻了？哈哈！得了吧！别装模作样的！还是喝一杯吧！"

插孔雀毛的男人挺直身子，一把从眼镜先生手里夺过报纸。眼镜先生的脸唰地变白了，之后又涨得通红。他吃惊地看了看其他几个文人，那几个文人也看了看他。

"您太放肆了，阁下！"他叫道，"您把阅览室当成了小酒馆，还在这里胡闹，夺人家的报纸！我不许这样！您不知道您在跟谁打交道，阁下！我是银行行长热斯佳科夫！"

"我呸，什么热斯佳科夫！你的报纸就是这个下场……"

男人捡起报纸撕得粉碎。

"先生们，这是怎么回事？"热斯佳科夫说道，愣住了，"这真奇怪，这……这太过分了！"

"他生气了，"男人笑道，"哎哟，我好怕呀！膝盖都发抖了。听着，可敬的先生们！说正经的，我不想跟你们说话，因为我想跟女士们单独待着，好好在这儿聊聊天，所以请你们不要啰唆了，赶紧出去……请吧！别列布欣先生，快给我出去！你皱什么眉头？我叫你出去，你就乖乖地出去！赶紧地！不然把你们都轰出去！"

"这是从何说起？"孤儿院会计员别列布欣先生红着脸，耸了耸肩问道，"我不明白，有个无赖闯了进来，还……这么蛮横！"

"你说无赖是什么意思？"戴孔雀毛的男人叫道，气冲冲地一拳打在桌上，把托盘里的杯子都震得跳了起来，"跟谁说话呢？你以为我戴着面具，就能随便乱说？嘴尖舌快的家伙！我说了，快点儿出去，银行经理也不准留在这里！快点儿，给我统统走开！"

"咱们等着瞧！"热斯佳科夫说道，激动得眼镜都蒙上了一层水汽，"我要让你吃不了兜着走！喂，把俱乐部主任叫来！"

不一会儿，小个子红头发主任就进来了。他刚跳完舞，直喘粗气，西服口袋上插着一条蓝丝巾。

"请您出去！"他开口说道，"这里不许喝酒！请到小吃店去！"

"你从哪儿蹦出来的？"面具男问，"我叫你了吗？"

"请不要无礼，快出去！"

"听着，亲爱的，我给你一分钟时间，因为你是主任，是大人物，赶紧把这几个小丑赶走。我的女士们不喜欢他们，要是这里有外人，她们会不好意思的。"

"显然，这个胡搅蛮缠的人不明白这里不是牲口圈！"热斯佳科夫叫道，"把叶夫斯特拉特·斯皮里多内奇叫来！"

"叶夫斯特拉特·斯皮里多内奇！"有人在大厅内叫道，"叶夫斯特拉特·斯皮里多内奇在哪儿？"

叶夫斯特拉特·斯皮里多内奇立刻出现了，这是一个穿警察制服的老头。

"请您出去！"他哑着嗓子说，鼓着一对骇人的眼睛，动了动染过色的

小撇胡。

"你吓着我了！"男人说道，开心地哈哈大笑，"真吓着我了！这么激动干吗，老天爷！胡子跟猫须子似的，眼睛都鼓出来了……嘿嘿嘿！"

"不许胡说！"叶夫斯特拉特·斯皮里多内奇浑身颤抖，使出全身力气叫道，"滚出去！我命令你出去！"

阅览室里一片大乱。叶夫斯特拉特·斯皮里多内奇脸涨得通红，跺着脚大喊大叫。热斯佳科夫大喊大叫，别列布欣大喊大叫，几个文人也大喊大叫，但是他们的声音都被面具男那低沉、浑厚、沙哑的声音给盖住了。在这番吵闹之下，舞会进行不下去了，人们纷纷从大厅朝阅览室门口拥来。

为了摆派头，叶夫斯特拉特·斯皮里多内奇把俱乐部里所有的警察都叫了过来，并坐下写笔录。

"写吧，写吧，"面具男说着，把一根手指头伸到他的笔尖旁边，"现在我这可怜的人该怎么办呢？我好可怜啊！您干吗要毁了我这个孤单的人啊？哈哈！怎么样了？写好没？都签字了？好啦，现在看看吧！一……二……三……"

男人挺直身子，摘下自己的面具，露出一张醉醺醺的脸。他朝大伙看了看，欣赏着这番动作引起的效果，接着一屁股坐在沙发上，哈哈大笑。而他引起的效果的确不同凡响。文人们一个个惊慌失措，面面相觑①（qù），脸

---

① 面面相觑：互相看着，不知道该怎么办。

色苍白，有人搔了搔后脑勺，而叶夫斯特拉特·斯皮里多内奇则像是不小心做了一件蠢事一样，不安地清了清嗓子。

大家都认出了这个捣乱分子，他是当地的百万富翁、工厂主、世袭荣誉公民[①]——皮亚季戈罗夫，他一向以爱胡闹和行善闻名，并且像当地通告里所说的那样，热衷于教育事业。

"你们到底走不走？"皮亚季戈罗夫沉默了片刻问道。文人们一句话也没说，踮着脚尖小心翼翼地走出了阅览室。皮亚季戈罗夫随后锁上了房门。

"你早知道是皮亚季戈罗夫！"过了一会儿，叶夫斯特拉特·斯皮里多内奇摇着往阅览室送酒的那个仆人的肩膀，压低沙哑的声音说道，"你干吗不吱声？"

"他不让说啊！"

"他不让说？该死的，我要把你关上一个月，到时候你就知道'他不让说'是什么意思了。你们倒好，"他转身对文人说道，"造起反来了！就不能离开阅览室十分钟吗！看你们怎么收拾这个烂摊子。哎呀，先生们，先生们，现在真糟糕，天哪！"

文人们在俱乐部里走来走去，个个垂头丧气，失魂落魄，满面羞愧。他们小声嘀咕着，明显预感到大事不妙……当他们的妻女知道皮亚季戈罗夫"受了委屈"而且挺生气时，全都一声不吭地回家去了。舞会中止了。

[①] 世袭荣誉公民：1832年4月10日沙皇尼古拉一世颁布诏书，设立新的市民阶层即"荣誉公民"。荣誉公民享有很多特权，如免缴人头税、免除兵役、犯罪时不受体罚等。

两个小时后,皮亚季戈罗夫从阅览室里出来了。他醉醺醺的,走起路来直摇晃。他走进大厅,坐在乐队旁边,在乐声的伴奏下打盹,之后他沮丧地低下头,打起了呼噜。

"别奏啦!"俱乐部主任冲乐师摆手,"叶戈尔·尼雷奇①睡

---

① 叶戈尔·尼雷奇:皮亚季戈罗夫的名字和父称。

觉呢……"

"要把您送回家吗，先生？"别列布欣弓下身子，凑着百万富翁的耳朵问道。皮亚季戈罗夫动了动嘴唇，似乎想轰走落在脸上的一只苍蝇。

"要把您送回家去吗？"别列布欣又问了一遍，"还是吩咐叫车？"

"啊？谁呀？你……想干什么？"

"送您回家呀，先生，该睡觉了。"

"我想回……回家。你送……送吧！"

别列布欣立刻笑逐颜开，并开始搀扶皮亚季戈罗夫。另外几个文人也都满脸堆笑地跑过来，一并扶起这位世袭荣誉公民，小心地把他送上马车。

"只有演员才能把这么多人糊弄住，真是天才，"热斯佳科夫扶着他，高兴地说道，"我太震惊了，叶戈尔·尼雷奇！到现在还想笑呢。哈哈，我们都挺激动的，有点儿手忙脚乱了！哈哈！您相信吗？我看戏都没这么笑过，笑死人啦！这辈子我都会记住这个难忘的夜晚！"

送走皮亚季戈罗夫之后，几个文人都很高兴，也都放了心。

"他临走的时候跟我握手了，"热斯佳科夫相当开心地说道，"这么说没事了，他没生气。"

"上帝保佑！"叶夫斯特拉特·斯皮里多内奇舒了口气说，"下流、无赖，可又是慈善家！哎，真让人没办法！"

苦恼

傍晚时分,大片潮湿的雪花懒洋洋地在刚刚点亮的瓦斯街灯周围打转,柔软的雪落在屋顶上、马背上、肩膀上和帽子上,薄薄地盖了一层。

车夫约纳·波塔波夫浑身雪白,像个幽灵。他以一个活人能达到的最大限度弓着腰坐在车座上,一动也不动。即使一整堆雪落在身上,恐怕他也不觉得有掸掉的必要。而他的马同样浑身雪白,一动不动。它那安静的样子、骨瘦嶙峋(línxún)的外形、棍子一样直挺挺的腿,使它看上去很像蜜糖做的廉价小马饼干。想必它在沉思。无论是谁,如果被迫跟耕犁分开,跟早已熟悉的灰色大地分开,硬被丢进这个充满古怪的亮光、杂乱的噪声、熙(xī)攘的行人的旋涡当中来,那他也就不能不沉思……

约纳和他的马一动不动地待着已经很长时间了。上午他们就从大车店出来了，到现在还没开张。暮色笼罩全城。路灯苍白的光已经变得鲜艳明亮，街道变得更加嘈杂了。

"赶车的，去维堡街！"约纳听见有人叫道。

"赶车的！"约纳身子一抖。透过沾了雪花的睫毛，他看见一个穿军大衣、戴挡风帽的军人。

"去维堡街！"军人又说了一遍，"你睡着了吗？去维堡街！"

约纳抖了抖缰绳，以示同意，堆在马背上和他肩膀上的雪纷纷掉落……军人上了车。约纳咂（zā）了咂嘴唇叫马往前走，伸长脖子，挺直腰杆，习惯性地挥动一下鞭子。那匹马也伸长了脖子，弯了弯棍子一样直挺挺的腿，犹豫不决地迈开步子。

"往哪儿走，该死的！"刚一上路，约纳就听见从前前后后不停移动的黑压压的人群中传来阵阵叫骂声。

"往哪儿赶呢？靠右！"

"会不会赶车呀！靠右！"军人生气地说。

一个车夫在马车上对他骂不绝口；一个行人恶狠狠地看着他，一边抖落袖子上的雪一边跑过马路，肩膀撞在了马脸上。约纳如坐针毡，胳膊肘往两旁撑开，像疯子一样转着眼珠，好像不明白自己在什么地方，为什么在这个地方。

"这些人真是浑蛋！"军人骂道，"故意往人身上撞，要么就往车底下

钻。他们串通好了。"

约纳回头看着乘客，动了动嘴唇。显然他想说点儿什么，可是从他的嘴里一个字也没说出来，只发出"咝咝"的声音。

"怎么了？"军人问道。

约纳苦笑着清了清嗓子，用沙哑的声音说道："老爷，我，那个，我的儿子这礼拜死了。"

"哦！他是怎么死的？"

约纳把整个身子转过来，对乘客说："谁知道呢？可能害了热病，在医院躺了三天就死了，也许是天意吧。"

"拐弯，笨蛋！"黑暗中突然传来这么一句，"你是不是瞎了？看着点儿！"

"快走吧，"乘客说道，"这么个走法明天也到不了。快点儿赶车！"

约纳再次伸了伸脖子，挺直身子，慢慢地挥动鞭子。他回头看了乘客好几次，可乘客闭着眼，显然没兴趣再听。乘客在维堡街下了车，约纳将马车停在一家小酒馆附近，弓着身子坐在车座上，又一动不动了。潮湿的雪花再次打白了他和他的马。

过了一小时又一小时。人行道上传来套鞋响亮的踢踏声，三个年轻人骂骂咧咧地走过来。其中两个又高又瘦，第三个身材矮小，是个驼子。

"赶车的，到警察桥去！"

"一共三个人，二十戈比！"约纳拉动缰绳，咂了咂嘴唇。二十戈比太少了，但他不在乎。一卢布也好，五戈比也好，他都无所谓，只要有人坐车就行。三个年轻人说着脏话、推推搡搡地走到马车前，一齐拥向座位并立刻争论起来：哪两个人坐着，哪个人站着？争执了老半天之后，他们决定让驼子站着，因为他个子最小。

"行了，走吧！"驼子站定后，冲约纳的后脑勺叫道，"使劲抽它！让它跑快点！嘿，老兄，你的帽子真可笑！整个彼得堡都找不着比它更差的了。"

"嘿嘿……嘿嘿……"约纳嘻嘻地笑着，"还是能找着的。"

"什么能找着，快点儿！你打算一直这么赶车吗？啊？需要我抽你吗？"

"头要炸了！"一个高个子说道，"昨天在杜克马索夫家里，我和瓦西卡喝了四瓶白兰地。"

"我不懂，你干吗撒谎？"另一个高个子生气了。

"满嘴胡诌（zhōu）。"

"上帝作证，我说的是实话。"

"你要是说实话，虱（shī）子都会咳嗽了。"

"嘿嘿！"约纳笑道，"你们真逗！"

"呸，关你什么事！"驼子气呼呼地说，"好好赶车行不，老家伙？都像你这么赶车吗？拿鞭子使劲抽它！见鬼！快点儿！使劲抽！"

约纳感到驼子在他背后扭动身子，声音发颤。听见别人的咒骂声，看见熙熙攘攘的人群，孤独感渐渐地从他的心头消散了。驼子骂个不停，直到他的污言秽（huì）语达到登峰造极的地步，惹得他咳嗽起来为止。两个高个子谈起一个叫娜杰日达·彼得罗夫娜的女人。

约纳回头看了看他们，等他们停下不说的时候，他又一次回过头去嘀咕着："这个礼拜……我……那个……我儿子死了……"

"谁都得死，"驼子叹了口气，咳了一阵子，擦了擦嘴唇，"喂，赶车吧，赶车吧！各位，我可不想再这么下去了！啥时候能到啊？"

"那你就稍微鼓励他一下，朝他的后脑勺抽一下！"

"老家伙，听见没？真的，我要抽你了！你对你的马太客气了，还没有走路快呢！听见没？老家伙？你是不是拿我们的话当耳旁风？"

随着"啪"的一声，约纳感到他的后脑勺上挨了一巴掌。

"嘿嘿……"他笑道，"你们真逗，上帝保佑你们身体健康！"

"赶车的，你结婚没？"高个子问道。

"我吗？嘿嘿，你们真逗！我有一个妻子，现在正躺在大地母亲的怀里。哈哈哈，也就是进坟墓喽！而现

在，我的儿子也死了，但我却活着。这真是怪事，死神认错了门，它本该来找我的，却去找了我的儿子。"

约纳回过头去，想说说儿子是怎么死的。可这时候驼子松了口气说："感谢上帝，终于到了。"

约纳收下二十戈比，看着他们消失在漆黑的楼道中，看了好半天。又剩下他一个人了，孤寂感再次降临……

不久前刚刚消散的苦恼卷土重来，用更强大的力量撕扯着他的胸口。他用痛苦不安的目光掠过街道两旁往来穿梭的人群。茫茫人海中就找不到一个能听他把话说完的人吗？然而，人们顾自来来往往，没有人发现他，也没有人发现他的苦恼。这苦恼如此强悍无边，要是它撑破约纳的胸膛喷涌而出，必将照亮全世界，尽管如此，人们还是无法看见。这苦恼擅长栖（qī）身在最微不足道的躯壳中，就连大白天打着火把也看不见。

约纳看见一个清洁的仆人，手里拿着一个小纸包，想上前跟他聊聊。

"老兄，现在几点啦？"他问。

"九点多了。你怎么把车停在这儿了呀？赶紧走！"

约纳把车子往前赶了几步，又弓起身子，犯起愁来，跟人交流是没指望了。过了不到五分钟，他直起身子，甩了甩头，仿佛感觉到了钻心的痛苦似的。他扯了扯缰绳，受不住了。

"回大车店吧，"他想，"回大车店去！"

马好像感受到了他的想法似的,开始小跑起来。大约过了一个半小时,约纳已经坐在了又高又脏的炉子旁。闷热的空气混浊不堪。炉台上、地板上、椅子上,到处是打呼噜的人。约纳看着熟睡的人们,挠了挠头发,后悔回来得太早。

"连买燕麦的钱都没挣出来,"他想,"这就是我会这么苦恼的缘故。一个人要是有本事让自己吃得饱,马也吃得饱,他就会永远心平气和。"

角落里,一个年轻的车夫欠起身子,睡眼惺忪地去够水桶,嗓子里发出咳咳的声音。

"想喝水吗?"约纳问。

"是啊,想喝!"

"给,喝个够。老弟,我儿子死了,听说没?这个礼拜在医院死的,唉,说来话长!"

约纳等着看这番话引起的效果,可是一点儿效果也没有。年轻车夫已经蒙头睡着了。约纳叹了口气。他渴望说话,就像那个年轻的车夫渴望喝水一样。

儿子死了快一个礼拜了,可他还没有找到人好好倾诉一番。他需要好好说说这件事,从头到尾说一说。说说儿子怎么生病的,怎么受罪的,死前说了什么,是怎么死的。说说葬礼的情况,还有去医院取回死者衣服的事。乡下就只剩下女儿阿尼西娅了,还需要说说她的事。

想想,他现在想说的话还会少吗?听的人应该会长吁短叹、品评一番吧……要是能跟女人说说这些就更好了。就算是蠢女人,听不了几句也会哭的。

"去看看马吧,"约纳想,"睡觉还来得及,反正时间够睡。"

他穿上衣服往马厩(jiù)走去。他想着燕麦、干草、天气……一个人待着的时候,没办法去想儿子。他可以跟别人谈谈儿子,可是独自想他、勾画他的形象,却让他受不了。

"吃草呢?"约纳冲他的马说道,看着它亮晶晶的眼睛,"吃吧,吃吧。既然没挣着买燕麦的钱,也只能吃干草了。嗯,我这把年纪赶车太老了,应该让儿子赶车才对,不该是我。他要是活着就好了,他一定是赶车的好手。"

约纳沉默了一会儿,接着说:"没错,我的小母马。库兹马·约内奇①没了,他死了,就这样说没就没了。如果你有了小马驹,你就是它的母亲,可是忽然小马驹没了,你是不是也要伤心难过?"

那匹瘦马一边吃草一边听着,将鼻息喷在主人的手上。约纳定下心来,把他的苦恼全都告诉了它。

---

① 库兹马·约内奇:约纳儿子的姓名。其中库兹马是名字,约内奇是父称。

醋栗

　　一大早就乌云密布,不算热,但空气沉闷。每当田野上空乌云笼罩,快要下雨时,就是这样。兽医伊万·伊万内奇和中学教师布尔金累得走不动了,他们觉得田野好像没有尽头。前方远处隐约可见米罗诺西茨基村的风车,右边有一排山丘绵延伸展开去,之后又消失在村子后面。他们知道那是河岸,那里有草场、绿柳、宅院。站在其中的一处山丘上,能看见同样广袤的田野、电线杆子,还有从远处看像毛毛虫一样爬行的火车,天气晴朗的时候甚至能看见整座城市。眼下,在这安静的时刻,大自然显得温和而静谧(mì)。伊万·伊万内奇和布尔金心中充满了对这片土地的热爱,两人都在想这个国家是多么辽阔、多么美丽。

　　"上次我们在村长普罗科菲的仓房里,"布尔金说,"您想讲一个故事。"

"对,我想讲讲我兄弟的故事。"

伊万·伊万内奇长长地叹了口气,点上烟斗准备开讲,可正在这时,下起了雨。五分钟左右的工夫就下大了,而且没完没了,不知道什么时候能停。伊万·伊万内奇和布尔金停下脚步陷入沉思。狗被淋湿了,夹着尾巴站着,可怜兮兮地看着他们。

"咱们得找个地方避雨,"布尔金说,"去阿廖(liào)欣家吧,离这儿不远。"

"走吧。"

他们掉转方向,走上收割过的田野,时而直行,时而向右,一直来到大路上。很快就看见了杨树和花园,之后是粮仓的红房顶。河面波光粼粼,宽阔的河滩、磨坊和白色水滨浴棚呈现在眼前。这是索菲诺村,阿廖欣就住在这儿。

磨坊运转的声音盖过了雨声,震得大坝都在颤抖。几匹马站在四轮马车旁边,浑身湿透、垂着脑袋。人们披着麻袋走来走去。四周一片潮湿,肮脏不堪,让人难受。河湾看上去显得冷冰冰的且不怀好意。伊万·伊万内奇和布尔金觉得浑身又湿又脏,很不舒服,陷在泥泞中的两条腿也举步维艰,因此当他们经过大坝,朝上游地主老爷的粮仓走去时一直没说话,好像在生对方的气。

其中一座粮仓里有扬谷机的声音。门开着，不断有灰尘从里面飞出来，阿廖欣就站在门口。这是一个四十岁左右的男人，又高又胖，头发很长，看上去更像教授或艺术家，而不是地主。他穿了一件好久没洗过的白衬衫，腰间系着绳子，没穿外裤只穿一条衬裤，靴子上沾着泥巴和稻草，鼻子和眼睛被灰尘弄得黑黢黢的。他认出来人是伊万·伊万内奇和布尔金，显得很高兴。

"请进屋，先生们，"他笑着说，"我这就来，马上。"

房子很大，有两层。阿廖欣住在楼下带有拱顶和小窗的两间屋子里，这里以前是管家们的住处。房间的陈设很普通，混杂着黑面包、廉价伏特加和马具的味道。阿廖欣很少去楼上的房间，只有来客人时才去。接待伊万·伊万内奇和布尔金的是家里的女仆，这是一个年轻女人，长得很美，使得他俩不约而同地停下脚步看了看对方。

"你们想象不到我看见你们有多高兴，先生们。"阿廖欣说道，跟在他们后面进了门厅。

"真没想到啊！佩拉格娅，"他对女仆说，"快去给客人们拿换洗衣服。我也要换件衣服，只是得先去洗个澡，我好像从春天开始就没洗过澡了。先生们，趁这会儿她们做饭的工夫，你们想去浴棚不？"

漂亮的佩拉格娅是那么彬彬有礼、温柔和善，很快给他们拿来了浴巾和肥皂，于是阿廖欣带着客人们到浴棚里去了。

"没错，我很久没洗澡了，"他一边说一边脱衣服，"你们看，我的浴棚很不错，还是我父亲盖的呢，可我一直没时间洗。"

他坐在台阶上，往长头发和脖子上涂肥皂，周围的水立刻变成了褐色。

"是啊！我看出来了……"伊万·伊万内奇看着他的脑袋，意味深长地说。

"我很久没洗澡了……"阿廖欣不好意思地重复道,又往身上涂了一遍肥皂,周围的水变成了深蓝色,像墨水一样。

伊万·伊万内奇走到外面,"扑通"一声扎进水中,冒雨向前游去。他使劲地甩动手臂,波浪从他身边荡开,白色的睡莲在波浪中摇曳。他游到河中央,一个猛子扎进去,过一会儿又在另一个地方露出头来,然后继续游,不断潜入水中,想摸到河底。

"哇,天哪……"他不停地说道,自得其乐,"哇,天哪……"

游到磨坊的时候,他跟几个庄稼汉聊了一阵子,接着往回游,游到河中央便翻过身来仰面躺在水上,让雨水淋着自己的脸。布尔金和阿廖欣已经穿好衣服准备走了,可他还在游泳、扎猛子。

"哇,天哪……"他说道,"哇,上帝!"

"你也游够了吧!"布尔金冲他喊道。

他们回了家。直到这时,楼上的大客厅才点上灯。布尔金和伊万·伊万内奇穿着丝绸睡衣和暖和的拖鞋坐在圈椅里,阿廖欣洗了澡、梳了头,换上了新上衣,在客厅内来回踱步,显然他很享受温暖干净的感觉以及干爽的衣服和轻便的鞋子。当漂亮的佩格拉娅悄无声息地走过地毯,温柔地笑着、端着托盘送上茶和果酱的时候,伊万·伊万内奇才开始讲他的故事,而听众不只有布尔金和阿廖欣,似乎还有金色相框中平静而严厉地看着他们的老老少少的太太和将军们。

"我家有兄弟两个，"他开口说道，"我叫伊万·伊万内奇，另一个叫尼古拉·伊万内奇，比我小两岁。我从学校毕业后当了兽医，尼古拉十九岁开始就在省税务局工作。我们的父亲奇姆沙·吉马拉伊斯基是一名世袭兵①，但他赢得了军官头衔，给我们留下了世袭贵族的称号和一座小庄园。他去世后法院将庄园抵了债，可不管怎么说，我们的童年在乡下过得自由自在。我们毕竟是农民的孩子，整天待在地里和林子里，照顾马匹、扒树皮、抓鱼，诸如此类……要知道，这辈子即便你只抓过一次梅花鲈，只在秋天见过一次迁徙（xǐ）的鸫（dōng）鸟，看着它们在晴朗凉爽的日子成群结队地从村子上空飞过，那你就不再是城里人，你就会渴望自由，至死不渝。我兄弟在省税务局待腻了，心里总想着回到乡下去。一年一年过去了，他的职位依然一成不变，还在写那些文件，因此他老想着一件事，那就是回乡下去。这种思念逐渐转变成一个明确的愿望，变成在河边或湖畔的什么地方给自己买一个小庄园的梦想。

"他是一个善良温和的人，我爱他，但我并不赞成他这种一辈子将自己禁锢（gù）在私家宅院的愿望。人们常说，一个人只要三俄尺②之地就够了，但需要三俄尺的是尸体，不是活人。如今人们还说，如果知识分子渴望乡土生活、期待回归田园，是件好事。但是，这些宅院无异于三尺之地。远

---

① 世袭兵：由沙俄时期军事部门下等官兵的幼子和未成年儿子组成的特殊的社会阶层，他们一出生就隶属于军事部门，有服兵役的义务。14岁之前要在世袭兵学校接受训练。
② 俄尺：1俄尺 ≈ 0.71米。

离城市、远离战斗、远离喧嚣，一走了之，逃进私家庄园——这不是生活，是自私、是懒惰、是变相隐居，而且是毫无意义的隐居。人需要的不是三尺之地，不是宅院，而是整个世界，整个大自然，他应该在这广阔的天地里尽情显露本性，挥洒自由精神。

"我弟弟尼古拉坐在自己的办公室里，幻想着有一天能喝上香味四溢的自家菜汤，在绿油油的草地上吃饭，在阳光下睡觉，在大门后面的长椅上一坐几个小时，看着田野和森林。农业书籍和日历上五花八门的建议成了他快乐的源泉和精神食粮。他也喜欢看报，但只看上面刊登的各种广告，比如有多少俄亩耕地和带有宅院、小河、花园、磨坊和宽阔池塘的农场待售。他常常在脑海中勾画花园的小路、鲜花、水果、椋（liáng）鸟笼、池塘里的鲫鱼和各种各样类似的场景。这些想象的画面千奇百怪，取决于他看到的广告内容，但不知为什么，每一幅这样的画面里都少不了醋栗。他无法想象任何一座庄园或诗意融融的地方会没有醋栗。

"'乡下生活自有它的乐趣。'他经常这样说，'你坐在阳台上喝茶，鸭子在池塘里游泳，空气中芳香四溢，而且……有醋栗。'

"他经常绘制自家庄园的蓝图，而且所有蓝图都一个样：第一要有主人房，第二要有仆人房，第三要有菜园子，第四要有醋栗。他很吝啬，一直省吃俭用，穿得像个乞丐，省下的钱都存进了银行。他太抠门了！我都不忍心看他，过节时我会给他寄点儿钱，可他全都存了起来。要是一个人打定了主意，那就毫无办法。

"几年后他调到另一个省任职，他已经四十岁了，还是经常看报上的广告栏，依旧在省吃俭用地攒钱。后来我听说他结婚了，为的是给自己买一座有醋栗的庄园。他娶了一个难看的老寡妇，根本谈不上感情，只因为她有钱。他对她也很吝啬，不让她吃饱，把她的钱存进自己的银行账户里。以前她嫁的是邮政局长，习惯了食用丰盛的餐食，可在第二任丈夫这里，连黑面包都不管够。这样的日子让她日渐衰弱下去，三年左右的工夫就见上帝去了。当然，我弟弟从来没想过他对她的死负有责任。钱就像伏特加一样，能让人变成怪物。以前，我们城里有个商人要死了，临死前他让人给他端来一盘蜂蜜，他就着蜂蜜把所有的钱和中奖的彩票都吃了，就是不想留给任何人。有一次我在火车站正在检查牲畜，突然一个牲口贩子掉到火车头下面，一条腿轧断了。我们把他抬进急诊室，他流了好多血，十分吓人，他一直央求我们找到他的腿，担心得不得了，因为在那条断腿的靴子里有二十卢布，怕给弄丢了。"

"您扯远了。"布尔金说。

"妻子死后，"伊万·伊万内奇想了半分钟，接着说，"为了买庄园，我弟弟开始到处考察。当然啦，即使考察了五年之久，到最后还是会犯错，还是会买下一座与想象中完全不同的庄园。尼古拉通过中间人，用分期付款的方式买下了一百一十二俄亩的田庄，有主人房、仆人房、车库，但是没有

花园，没有醋栗，也没有供鸭子游泳的池塘。有一条河，可是河水的颜色跟咖啡似的，因为庄园的这边是砖头厂，另一边是烧骨场。可是我弟弟尼古拉·伊万内奇一点儿也不难过。他订购了二十丛醋栗种下去，过上了地主的生活。

"去年我去看他。我想，我得去看看他过得怎么样。弟弟在信里把他的庄园叫作'丘巴洛克罗夫荒地'或'喜马拉雅村'。我是下午到达'喜马拉雅村'的。天气炎热，到处是水沟、栅栏、篱笆和一排排已经种下的枞（cōng）树，弄得人没法进院子，也不知道该把马拴在哪儿。我朝房子走去，迎面跑来一条红毛狗，

胖得跟猪似的,它想叫唤几声,可是懒得叫。厨娘从厨房里走出来,光着脚,也胖得跟猪似的,她说午饭后老爷正在休息。我走进弟弟的房间,他坐在床上,膝盖用被子盖着。他老了、胖了、皮肤松弛,脸颊、鼻子和嘴唇向前凸出,随时准备像猪一样钻进被窝。我们抱在一起喜极而泣,可同时又很难过,想当年我们都很年轻,可现在两人都长出白发、离死不远了。他穿上衣服带我去看他的庄园。

"'你在这儿过得怎么样?'我问。

"'还行,感谢上帝,挺好。'

"他已经不是先前那个唯唯诺诺的穷当差了,变成了名副其实的地主老爷。他在这儿住惯了,不但习以为常而且乐在其中。他吃得很多,经常洗澡,胖了不少,跟村里和两家工厂都打过官司,要是庄稼汉不叫他'老爷'他就生气。他还特别关注自己的灵魂是否能够得救,总是摆出老爷的派头行善,而且绝不敷衍,相当郑重其事。他都做了哪些善事呢?不管庄稼汉得了什么毛病,他都用小苏打和蓖(bì)麻油给他们治,到了自己的命名日,他就在全村做感恩祈祷,还提供半桶白酒给农民喝,自认为这是他的责任。唉,可怕的半桶白酒!今天这个胖地主还拽着一个庄稼汉到地方长官那儿评理,控诉他的牲口祸害了自己的农庄和草场,一旦明天遇到个大日子,就又给这些庄稼汉送来半桶白酒,他们大喝特喝,欢呼雀跃,之后对他鞠躬感谢。日子变好了,能吃上饱饭了,可人们却变得无所事事、自命不凡,这是最丑恶的德行。尼古拉·伊万内奇,一个曾经在政府机关里胆小怕事、连个人观点都不敢有的人,现在却满嘴大道理,说话的语气跟部长一样,'教育是必须的,但对老百姓来说为时尚早。''体罚有害,但在某些情况下很有用,而且不可替代。''我了解老百姓,擅长跟他们打交道,'他说,'老百姓爱我。只要我动动手指头,我想要什么他们都会为我去做。'

"注意,他说这些话的时候,脸上带着聪慧而和善的笑容。'我们贵族''我,身为一名贵族',这话他说过不下二十次。显然他已经忘了我们的爷爷是农民,而父亲是士兵。就连我们那难听的姓氏奇姆沙-吉马拉伊斯基,都让他觉得很悦耳、显贵。

"但问题不在这儿,在于我自己。我想跟你们说的是,我在他家度过的为数不多的时间里,我身上发生了怎样的变化。傍晚我们喝茶的时候,厨娘端来满满一盘子醋栗放在桌上。这些醋栗不是买的,是自家种的,是从植株种下去之后第一次摘下来的。尼古拉·伊万内奇笑了笑,盯着醋栗有一分钟之久,他激动得双眼噙(qín)满泪水,一句话也说不出来。之后,他把一颗果子放进嘴里,像终于得到了心爱玩具的孩子一样郑重其事地看着我,说:'太好吃了!'

"他贪婪地吃掉了醋栗,不停地说:'哇,太好吃了!你尝尝!'

"那东西又硬又酸,可正如普希金所说,'使我们变得高尚的谎言,比许多真理更宝贵[1]'。我看见的是一个幸福的人,他朝思暮想的美梦变成了真真切切的现实,他达到了人生的目标,得到了他想要的东西,他对自己的命运、对自己都很满意。不知为什

---

[1] 出自普希金诗歌《英雄》,创作于1830年9月。

么，在我对人类幸福的认知中总是掺杂着忧伤的成分。现在，当我看见一个幸福之人时，一种沉重感包围了我，这感觉近乎绝望，夜里尤其如此。我的房间挨着弟弟的卧室，我听见他没有睡着，好几次起身走到装着醋栗的盘子那儿拿起一颗果子吃。

"我想，这种心满意足的人太多了！这是一股压倒性的力量！看看这样的生活吧：强者横行霸道，弱者愚昧无知，到处是可怕的贫穷、拥挤、退化、醉酒、伪善、谎言……与此同时，房子里和街道上却又这么平静、安详。城里住着五万居民，却没有一个人出来喊叫，大声表示愤慨。我们看见的是这样一些人，他们去市场买吃的，白天吃饭晚上睡觉，说着没用的废话，娶妻生子，努力生活，心安理得地把死去的亲人送进坟墓，可是我们却对那些受苦受难的人置若罔闻，不知道可怕的事情正在某些地方暗自发生。一切是如此安静祥和，只有无声的统计数字跳出来表示抗议：多少人发疯啦，多少桶酒喝光啦，多少孩子死于营养不良啦……显然，幸福的人自我感觉良好，是因为有不幸的人在默默承受着重担。没有这份沉默，就不可能有幸福。每一个心满意足的人的门外，都应该站着一个带小锤的人，用敲击声不断提醒他：无论他有多幸福，都要看到这世间还有很多不幸的人；生活早晚会对他露出爪牙，到那时，疾病、贫穷这些灾难必将降临，而人们将对他的苦难不闻不问，正如他现在对待别人的苦不闻不问一样。然而，挥舞着小锤的人并不存在，人们顾自过着幸福生活，日常琐事给他们带来的烦恼，好比轻风吹过山杨一样无足轻重，终归会万事如意。

"那天夜里我才明白，以前我也是一个心满意足的人。"伊万·伊万内奇站起来继续说道，"我也在茶余饭后教导别人如何生活，我也说过知识就是光明，教育必不可少，但对普通人来说，识几个字就够了。我说过自由是幸福的，没有幸福如同没有空气，但是要想幸福得等一等。是的，我说过这话，可是现在我要问：为什么要等？"

伊万·伊万内奇看着布尔金，生气地说："我问您，为什么要等？出于什么目的要等？别人告诉我凡事不能一蹴（cù）而就①，生活中的任何思想都只能慢慢实现，要等待时机。可这话是谁说的？有什么证据证明这话是对的？你们引经据典，说这是自然规律，是生存法则，但是有没有一种规律和法则规定：我，一个有思想的活人，得无视壕（háo）沟的存在，得等着它自然合拢或者被淤泥塞满，那时候我又该如何跃过壕沟，还是在上面造一座桥？还是那句话，为什么要等？等着没有力气生活吗？可是生活必须继续下去，人们想要生活！

"一大早我就离开了弟弟的家，从那时起，待在城里对我来说成了无法忍受的事。安静祥和的气氛令我压抑，我害怕看别人家的窗口，因为现在没有比围坐在餐桌旁喝茶这样幸福的家庭生活更让我难受的了。我老了，不适合战斗了，我甚至没有能力去憎恨。我只是心里难过，感到生气和沮丧，夜

---

① 一蹴而就：比喻做的事情特别容易，一下子就完成了。

里千头万绪折磨着我，让我无法入睡……唉！要是我还年轻就好了！"

伊万·伊万内奇激动得从这一边走到那一边，又说了一遍："要是我还年轻就好了！"

他突然向阿廖欣走去，一会儿握住他的这只手，一会儿握住他的另一只手。

"巴维尔·康斯坦丁内奇[①]，"他恳求道，"别坐视不管，别麻醉自己！趁着年轻有力气、精力旺盛，要不知疲倦地做好事！幸福并不存在也不应该存在，如果生活有意义有目标，那么这种意义和目标也绝不该体现在我们的幸福里，它存在于某种更理智、更伟大的幸福中。做好事吧！"

伊万·伊万内奇说这番话的时候，脸上带着可怜的渴求的笑容，好像在为自己而求他似的。

在这之后，坐在客厅不同角落的圈椅上的三个人，一句话也没有说。伊万·伊万内奇的故事让布尔金感到不满，也让阿廖欣感到不满。从金色相框里看着他们的将军和女士，在昏暗之中好像活了一样，他们听了一个爱吃醋栗的穷官差的故事，也觉得乏味。不知为什么，大家想说想听的是关于精致生活的故事。眼下他们坐在客厅中，这里的一切，从罩在套子里的吊灯、圈椅，到脚下的地毯，都在诉说：曾几何时，那些现在从相框里看着他们的人在这儿走过、坐过、喝过茶。漂亮的佩拉格娅悄无声息地在这里走来走去。

[①] 巴维尔·康斯坦丁内奇：阿廖欣的姓和父称。

这一切比任何故事都好。

阿廖欣很想睡觉,因为要做家务他起得很早,凌晨两点多钟就起来了,现在他的眼皮直打架,但他担心他不在的时候客人会讲出有意思的故事来,所以一直没走。伊万·伊万内奇刚才的话理智与否、正确与否,他没有仔细琢磨。客人没有谈到谷粒、干草、沥青,谈的尽是跟他的生活没有直接关系的事,他很高兴这样,甚至希望他们接着说下去……

"可是该睡觉了,"布尔金站起来说道,"祝各位晚安。"

阿廖欣道了别,下楼回自己房间去了,客人留在楼上。他们有一个大房间可以过夜,房间里有两张雕花装饰的旧木床,角落里有一个象牙雕刻的耶稣受难像。他们的被褥宽大、凉爽，味道好闻，是由漂亮的佩拉格娅铺上去的。

伊万·伊万内奇默默地脱了衣服躺下。

"上帝啊，原谅我们这些罪人吧！"说完这句话，他用被子蒙住头。

他放在桌上的烟斗里飘出浓浓的烟油味。布尔金久久无法入睡，一直弄不明白这刺鼻的气味是从哪儿来的。

雨水打在窗户上，一夜未停。

男孩

"沃洛佳回来了!"有人在院子里喊道。

"沃洛佳回来了!"娜塔莉娅尖叫着跑进餐厅,"哦,天哪!"

科罗廖夫全家一直眼巴巴地望着儿子回来,这时都跑到了窗前。门口停着一辆宽大的低座雪橇,拉雪橇的三匹白马周围笼罩着热腾腾的雾气。雪橇上没有人,因为沃洛佳已经站在门厅里,正用冻得通红的手指解风雪帽呢。他的校服大衣上、大檐帽上、套鞋上和鬓(bìn)角两侧的头发上,全都挂满了霜花,整个人从头到脚散发出一股冷空气的味道,让人看着直打冷战、不由得发出"嗞嗞"声。妈妈和姑姑扑过去搂住他、亲吻他。

娜塔莉娅冲过来开始脱他脚上的毡靴,姐妹们高声尖叫着跑进跑出,把房门弄得啪啪直响。沃洛佳的父亲穿一件坎肩,手里拿着剪子跑到门厅,吃惊地叫道:"昨天我们就在等你啦!路上怎么样?顺利不?我的老天爷,你们让他跟当父亲的问个好啊!难道我不是他父亲吗?"

"汪!汪!"米洛尔德扯着嗓子直叫。米洛尔德是条大黑狗,正不住地将尾巴打在墙上和家具上。

这一切汇成了持续两分多钟的快乐的噪声。当最初一阵子高兴劲儿过去之后,科罗廖夫一家才发现,除了沃洛佳之外门厅里还有一个人,他裹着头巾、围着披肩、戴着风雪帽,浑身是雪,一动不动地站在一件宽大的狐狸皮袄投射出来的阴影中。

"沃洛佳,这是谁呀?"母亲小声问道。

"哦!"沃洛佳回过神来,"他呀,请允许我介绍我的同学切切维钦。我这次带他来咱家住几天。"

"很高兴认识你,有请!"父亲高兴地说,"对不起,我穿的是居家服,没穿常礼服……进来吧!娜塔莉娅,帮切切维钦先生把外套脱了!我的老天爷,你们倒是把狗赶出去呀!真能捣乱!"

过了一会儿,沃洛佳和他的朋友切切维钦坐到桌旁喝起茶来。他俩的脸仍冻得通红,被这热情的欢迎场面弄得不知所措。冬日暖阳透过窗户上的积雪和图案照射进来,在茶炊上摇摆着,清澈的光线落在洗杯盆里。房间很暖和,两个男孩感到温暖和严寒在他们冻僵了的身体里打架,谁都不肯让步,这使他们的身体变得痒酥酥的。

"喂，圣诞节就要到了！"父亲拉着长声说道，用深褐色的烟丝卷着烟，"前一阵子还是夏天呢，刚送你走的时候，你母亲哭个没完，对吧？这会儿你都回来了。孩子，时间过得真快！还没反应过来就老了。切切维钦先生，您吃呀，吃呀，别客气！我们家很随意的。"

沃洛佳的三个姐妹卡佳、索尼娅和玛莎，她们当中最大的十一岁，她们围坐在桌旁，目不转睛地看着这个新相识。切切维钦跟沃洛佳年纪一般，个头也一样，但不像沃洛佳那样白白胖胖的，而是又黑又瘦，满脸雀斑。他的头发支棱着，眼睛细长，嘴唇很厚，长得一点儿也不漂亮。如果不是穿着中学制服的话，单从外表来看，很可能把他当成厨娘的儿子。他沉着脸，始终不说话，一次都没笑过。女孩们看着他，立刻断定他应该非常聪明，是个优等生。他总是一副若有所思的样子，沉浸在自己的思绪中。有人问他话的时候，他就打个激灵，甩甩头，让人重复一遍问题。

几个女孩发现，就连一向高高兴兴、爱说爱笑的沃洛佳这次也很少开口，一点儿笑容也没有，好像不怎么乐意回家似的。大家坐着喝茶的时候，他只跟姐妹们说了一句话，而且是一句很古怪的话。他指了指茶炊说："加利福尼亚人不喝茶，喝杜松子酒。"

他也沉浸在某种思绪中，从他跟他的朋友切切维钦偶尔交换一下的眼神来看，两个男孩的心思是一样的。

喝完茶大家都去儿童室了。父亲和女孩们坐在桌旁干起活来，这个活之前由于两个男孩的归来而中断。他们正用彩纸做花和挂在圣诞树上的流苏。这件事很有吸引力，干起来也颇为热闹。每做好一朵花儿，姑娘们就高兴地大叫一阵子，简直就是惊叫，好像这花是从天上掉下来似的。父亲也很开心，偶尔把剪刀往桌子上一丢，嫌它不够锋利。妈妈常常跑进儿童室，十分着急地问："谁拿了我的剪刀？又是你，伊万·尼古拉伊奇，你拿了我的剪子？"

"老天爷，连剪刀都不让用！"伊万·尼古拉伊奇带着哭腔答道，随即往椅背上一靠，摆出受气的架势，可不一会儿又高兴起来了。

以前回家的时候沃洛佳会帮着装点圣诞树，或者跑到院子里看车夫和牧工把雪堆得老高。可是这次他和切切维钦两个人对剪彩纸一点儿也不感兴趣，也没去过马厩，只是双双坐在窗边小声嘀咕着。之后他俩打开一本地图册，仔细观察一张地图。

"先去彼尔姆①，"切切维钦轻轻地说，"从那儿再去秋明②，然后去托木斯克③，接着再去堪察加④。在堪察加，萨莫耶德人用船把咱们送过白令海峡⑤，之后就到美国了，那儿有很多毛皮兽。"

---

① 彼尔姆：东欧部分城市。
② 秋明：俄罗斯城市，位于乌拉尔河以东。
③ 托木斯克：俄罗斯城市，位于西西伯利亚东部。
④ 堪察加：欧亚大陆东北部半岛。
⑤ 白令海峡：位于北冰洋和太平洋之间的海峡。

"加利福尼亚在哪儿？"沃洛佳问。

"在下边。只要到了美国，加利福尼亚就不远了。食物可以用打猎或抢劫的办法弄到。"

切切维钦一整天都躲着几个女孩，看她们的时候直皱眉头。昨晚喝完茶，他只跟女孩子单独待了大约五分钟。一阵尴尬的沉默之后，他使劲咳了一声，用右手掌擦了擦左手，沉着脸看了看卡佳问道："您读过麦因·李德①没？"

"没，没读过。您听我说，您会滑冰不？"

切切维钦沉浸在自己的思绪中，没有回答这个问题，只是用力鼓起腮帮子，长长出了口气，好像感觉很热似的。他再次抬起眼睛看着卡佳说："北美野牛群在潘帕斯草原②飞奔的时候，大地都颤抖起来，这时野马就吓得直尥（liào）蹶（juě）子③，发出阵阵嘶鸣。"

切切维钦忧郁地笑了笑，添上一句："印第安人还经常攻击火车，不过最糟心的是白蛉（líng）子④和白蚁。"

"那是什么？"

"跟蚂蚁一样，但是有翅膀。咬人很疼。知道我是谁吗？"

---

① 麦因·李德：19世纪英国作家，创作过很多冒险小说。
② 潘帕斯草原：位于南美洲大陆东南部。
③ 尥蹶子：方言，指的是骡马等牲口的蹄子向后踢。
④ 白蛉子：一种吸血昆虫。

"切切维钦先生。"

"不,我是蒙季戈莫,外号鹰爪①,胜利者的领袖。"

最小的女孩玛莎看着他,然后望着窗外的暮色,若有所思地说:"昨天我家吃小扁豆来着。"

切切维钦的话让人捉摸不透,他常跟沃洛佳在一起嘀嘀咕咕,而沃洛佳也不做游戏了,老是心事重重,这些都显得神秘又古怪。于是两个大女孩卡佳和索尼娅仔细观察起两个男孩来。

晚上等到两个男孩躺下睡觉的时候,两个女孩就溜到他们房间门口偷听。哇,她们知道了!原来他俩打算逃到美国的什么地方去淘金,路上需要的东西都准备好了:手枪、两把刀、干粮、取火用的凸面镜、指南针,还有四卢布。她们听见他们打算步行数千俄里,跟虎豹狼虫一路搏斗,弄到金子和象牙,杀死敌人,入伙海盗匪帮,喝杜松子酒,最后娶美女为妻,经营种植园。沃洛佳和切切维钦不停地说着,兴奋之时还互相打岔。在这次谈话之中切切维钦总是自称"蒙季戈莫鹰爪",把沃洛佳叫作"我的白脸兄弟"。

"当心,别告诉妈妈,"卡佳跟索尼娅去睡觉的时候,对她说,"沃洛佳能从美国给咱们带回来金子和象牙,要是告诉妈妈,他就去不成了。"

圣诞节前两天,切切维钦研究了一整天亚洲地图,抄着什么东西,而胖胖的沃洛佳带着被黄蜂蜇过一样浮肿的脸,无精打采地在房间里走来走去,

---

① 鹰爪:作者杜撰出来的印第安人领袖。

什么东西也吃不下去。有一次他甚至站在儿童室的圣像前，在胸口画了个十字说道："上帝啊，原谅我这个罪人吧！上帝啊，保佑我可怜的、不幸的妈妈吧！"

傍晚他哭了起来。去睡觉的时候，他久久地抱着父亲、母亲和姐妹们。卡佳和索尼娅知道是怎么回事，可小妹妹玛莎一无所知，什么也不懂，只是看着切切维钦，想了想，叹了口气说："妈妈说，到了斋戒期就得吃豌豆和小扁豆了。"

圣诞节前一天，卡佳和索尼娅一大早就悄悄起了床，去看看两个男孩打算怎么跑到美国去。她们偷偷溜到两个男孩的房门口。

"你怎么不去了？"切切维钦生气地问，"你说不去了？"

"天哪！"沃洛佳低声哭道，"我怎么去呀？我舍不得妈妈。"

"我的白脸兄弟，求求你，去吧！你答应要去的，是你勾我来的。现在要走了你倒害怕了。"

"我……我没害怕，我……我舍不得妈妈。"

"你到底去还是不去？"

"去，只不过……只不过得等等。我想在家里住一阵子。"

"那我自己去！"切切维钦断然说道，"没有你我也能行。你还说要去打虎呢！既然如此，把火帽①给我！"

---

① 火帽：属于点火器材。体积很小，感应灵敏，可以在很小外力的作用下点燃整个发火系统。

沃洛佳哭得好伤心，姐妹们忍不住也都低声哭了起来。

"这么说你不去了？"切切维钦又问了一遍。

"我……去。"

"那就穿上衣服！"

为了说服沃洛佳，切切维钦开始夸起美国来。他像老虎一样低吼着，模仿轮船的样子，还口出狂言，答应把所有的象牙、狮子皮和虎皮都送给沃洛佳。姑娘们觉得这个又黑又瘦、满头竖发、一脸雀斑的小男孩很不一般、很了不起。他果断而勇敢，咆哮起来也很威猛，站在门外听还以为是真的老虎或狮子来了呢。

女孩们回到自己房间穿衣服的时候，卡佳满眼噙泪地说："唉，我好害怕！"

两点之前，大家坐下来吃午饭的时候，一直没什么动静，但是午饭后，大家突然发现两个男孩不见了。他们去下房找，去马厩找，去管家的厢房找，哪儿都没有他们的影子。派人去村里找也没找到。喝茶的时候，他俩也没回来。晚饭时，妈妈担心得不得了，哭个不停。夜里大家又去村里找，打着灯笼去河边找。天哪！简直忙作一团！

第二天，来了个警察，在餐厅里写什么文件。妈妈一直在哭。门口的台阶上停着一辆雪橇，拉车的三匹白马冒着热气。

"沃洛佳回来了！"有人在院子里喊道。

"沃洛佳回来了!"娜塔莉娅尖叫着跑进餐厅。

米洛尔德低声叫着"汪!汪!"原来,两个男孩在城里的商场被扣住了,因为他们在里面闲逛,向别人打听可以在哪里买到炸药。沃洛佳一进门厅就号啕大哭,扑到妈妈怀里,搂住她的脖子。女孩们吓得浑身发抖,不知道会发生什么事。她们听见爸爸把沃洛佳和切切维钦叫到书房,跟他们在里面谈了很久。妈妈一直说个不停、哭个不停。

"怎么能干出这种事呢?"爸爸一再问道,"要是被学校知道了,你们会被开除的,希望这种事以后不会再发生!你该感到害羞才对,切切维钦先生!糟透了!您是主谋,我希望由您的父母来惩罚您。怎么能干出这种事呢!你们在哪儿过的夜?"

"火车站!"切切维钦骄傲地回答。

后来沃洛佳上了床,头上敷了一块浸过醋的毛巾。

家里派人去打了一封电报。第二天来了一位太太,是切切维钦的母亲,她带走了儿子。

临走时,切切维钦脸上挂着一副严肃而傲慢的表情。跟女孩们告别的时候,他一句话也没说,只是从卡佳手上拿过练习簿,在上面写了一句话留作纪念:"蒙季戈莫鹰爪。"

# 预谋犯

法院审讯官面前站着一个相当瘦小的男人。这人身穿粗布衬衫，裤子上打着补丁，鬓须浓重，满脸雀斑，眼睛在低垂的浓眉下隐约可见，表情愁苦而严厉。显然他的头发好久没梳理过了，乱蓬蓬的，像帽子一样盖在脑袋上，让他的神情显得更加严厉。他光着脚。

"丹尼斯·格里戈里耶夫！"审讯官说道，"走近点儿回答我的问题。今年七月七日，铁路看守人伊万·谢苗诺夫·阿金福夫早上沿线巡查的时候，在一百四十一俄里的地方看见你正在拧一颗螺丝帽，那是把铁轨固定在枕木上的螺丝帽。看，就是这个！他把你跟这颗螺丝帽一起扣住了，有没有这回事？"

"啥？"

"事情是不是像阿金福夫说的那样？"

"对，没错。"

"好。那你为什么要拧螺丝帽？"

"啥？"

"别老'啥啥啥'的，回答问题！你为什么拧螺丝帽？"

"要是没用就不拧了。"丹尼斯哑着嗓子说道，斜眼瞅着天花板。

"你要这颗螺丝帽到底有什么用？"

"螺丝帽吗？俺们用螺丝帽作坠子。"

"俺们是谁？"

"老百姓呗……克利莫沃①的庄稼人。"

"听我说，老兄，别跟我装糊涂，老实交代。用不着把钓鱼的坠子扯上！"

"俺从没撒过谎，这会儿说俺撒谎……"丹尼斯嘟囔着，直眨眼睛，"老爷，不用坠子怎么行？要是把鱼饵或蚯蚓挂在鱼钩上，没有坠子的话怎么沉到河底？说俺撒谎……"丹尼斯冷笑着，"鱼饵这玩意儿要是浮在水面上有啥用！鲈鱼、狗鱼、鳕（xuě）鱼老爱往水底下钻，鱼饵要是浮在水面上，那只有鲦（tiáo）鱼才来咬钩，再说那种事也少见……咱们河里没有鲦鱼，这种鱼喜欢宽敞的地方。"

---

① 克利莫沃：此地区位于俄罗斯布良斯克州。

"你跟我说鲦鱼干什么？"

"啥？是您自己问的呀！这儿的老爷也这么钓鱼。小孩子都知道没有坠子钓不了鱼。当然，也有一种人什么也不懂，不带坠子就去了。傻瓜就这样，没办法……"

"你是说，你把螺丝帽拧下来是想用它作坠子的？"

"要不然呢？总不能用它打拐子①玩！"

"你可以用铅块、子弹作坠子，或者用钉子作坠子。"

"马路上找不着铅块，得花钱买，钉子不好用。螺丝帽最合适，又沉又有小孔。"

"装什么傻！你是昨天才出生的还是天上掉下来的，不知道把螺丝帽拧下来会有什么后果吗？笨脑瓜！要不是被看守人发现，会造成列车脱轨、致人死命的！你会害死别人！"

"老天保佑，千万别出这事！老爷，俺为什么要害人？难道俺们不信教，还是什么恶人？谢天谢地，好老爷，俺活了一辈子，不但没害过人，而且从没动过这种念头。上帝保佑，圣母保佑，饶恕我……老爷，瞧您说的这些！"

"那么你认为火车脱轨是怎么造成的？告诉你：你拧下两三颗螺丝帽，火车就会脱轨！"

---

① 打拐子：一种传统的俄罗斯民间游戏。

丹尼斯冷笑着，将信将疑地看着审讯官的眼睛。

"得了吧！全村人这么多年拧过多少螺丝帽了，老天爷，可从来也没脱轨过，这会儿说出什么事，害死人……要是我搬走铁轨，或者把一根横木放在那儿，也许火车会翻，可这事……呸！不就是一颗螺丝帽嘛！"

"告诉你，那些螺丝帽是用来固定铁轨跟枕木的！"

"这个俺知道，俺也没把所有螺丝帽都拧下来呀，俺留了好多呢。俺又不傻，这个俺是知道的。"丹尼斯打了个哈欠，在嘴上画着十字①。

"去年有一列火车在这儿脱轨了，"审讯官说，"我现在明白是怎么回事了。"

"您说什么？"

"我说，我现在明白为什么去年那列火车脱轨了，我知道原因了！"

"所以说您是受过教育的人嘛，明白事理，俺的恩人，上帝知道让谁明白事理。这不，您一下子就知道是咋回事了，可那个看守是庄稼人，啥也不懂，抓住俺的脖领子就拽。你倒是先说明白再拽呀！庄稼人就是没脑子。您再记一下，老爷，他还往我腮帮子和胸口上打了两拳。"

"搜查你家的时候，又找到一颗螺丝帽，那是从哪儿拧下来的，什么时候干的？"

---

① 在嘴上画着十字：打哈欠的时候捂上嘴巴，防止魔鬼进入体内。为保险起见，有宗教信仰的人在嘴上画个十字。

"您说的是红箱子下面的那颗螺丝帽吗?"

"我不知道在哪儿,反正他们找着了。什么时候拧下来的?"

"不是俺拧的,那是伊格纳什卡送的,他是独眼龙伊凡的儿子。俺说的是箱子下面那个。院子里雪橇上的那颗,是我跟米特罗凡一起拧下来的。"

"哪个米特罗凡?"

"米特罗凡·彼得罗夫,您没听说过他?他是做渔网的,卖给先生、老爷。他需要很多这样的螺丝帽,编一张渔网差不多得用十来颗呢。"

"听着!刑法第一千零八十一条规定,凡是蓄意破坏铁路的行为,导致该线路上的交通工具面临危险,而犯人明知会引起不良后果的,应被判处流放,去做苦役。你听懂没?你是知道的!你不可能不知道把螺丝拧下来的后果!"

"当然啦,您知道得更清楚。俺没文化,俺能懂啥?"

"你都懂!你在撒谎、装糊涂!"

"俺干吗撒谎?您要是不信,就去村里问问,没有坠子只能钓到鲌(bó)鱼,或者是鲄(hé)鱼,没有坠子就连鲄鱼也钓不上来。"

"你再说说鲦鱼呗!"审讯官笑道。

"咱们这儿没有鲦鱼。要是用蛾子当饵,把鱼线放在水面上,不用坠子能钓雅罗鱼,但也不容易。"

"闭嘴!"

一阵沉默。丹尼斯不知所措地倒腾着两只脚，盯着铺了绿绒布的桌子，使劲眨着眼睛，好像他在眼前看见的不是绿绒布，而是红太阳。审讯官飞快地写着什么。

"俺能走了吧？"丹尼斯停了一会儿问道。

"不。我得把你押起来，送进监狱。"

丹尼斯不再眨眼了。他抬起浓密的眉毛，疑惑不解地看着审讯官。

"什么监狱？老爷！俺没空，俺得去集市，跟叶戈尔拿回三卢布荤油钱，俺得讨回来。"

"住嘴，别打岔。"

"进监狱？犯了事的人才进监狱，可是，我活得好好的，干吗要去那儿？我没偷东西，也没跟人打架。您要是怀疑我没交税……老爷，别信村长的话，您去问问常委会那位先生，他这人没良心，我说的是村长……"

"住嘴！"

"俺没说什么呀……"丹尼斯嘟囔着，"村长做假账，我敢发誓……俺家弟兄三个，库兹马·格里戈里耶夫、叶戈尔·格里戈里耶夫，还有我——丹尼斯·格里戈里耶夫……"

"别捣乱！喂，谢苗！"审讯官喊道，"把他带下去！"

"俺家弟兄三个，"当两名强壮的士兵抓住他，把他从审讯室带出去的时候，丹尼斯嘟囔着，"兄弟之间也不能顶罪。没缴税的是库兹马，却让丹尼斯承担。法官!俺东家是将军大老爷,只可惜去世了,上天堂了,不然他要给你们这些法官好看!审案子也得有本事,不能乱来!就算用鞭子抽我也得有理由,得凭良心……"

胖子和瘦子

　　一胖一瘦两个好朋友在尼古拉耶夫斯基火车站碰面了。胖子刚在站里吃完饭，嘴唇油光锃（zèng）亮的，像熟透的樱桃，身上有股雪利酒和香橙花的味道。瘦子刚下火车，带着大包小裹，身上有股火腿和咖啡渣的味道。他身后站着一个下巴挺长的瘦女人，是他的妻子，还有一名眯着一只眼的高个子中学生，是他的儿子。

　　"波尔菲里！"胖子一见瘦子，立刻叫道，"是你吗？亲爱的！好久不见！"

　　"我的天哪！"瘦子大吃一惊，"米沙①！小时候的伙伴！你从哪儿

---

① 米沙：米哈伊尔的小名。关系亲密的人之间用小名称呼。

来的?"

两个好朋友互相亲了三次,急切地盯着对方的眼睛,热泪盈眶。两个人又惊又喜。

"亲爱的!"亲完后,瘦子说道,"真没想到!太意外了!你好好看看我!你呢,依然英俊潇洒、亲切可爱、衣冠楚楚!瞧瞧你,上帝啊!你怎么样?发财了吧?结婚没?我结婚了,你看……这是我妻子鲁意莎,娘家姓万岑(cén)巴赫……路德教派①……这是我儿子,纳法奈尔,上中学三年级。这是纳法尼亚,我小时候的朋友!我们是中学同学!"

纳法奈尔想了想,摘下帽子。

"我们是中学同班同学!"瘦子接着说道,"还记得大家是怎么取笑你的不?都管你叫赫洛斯特拉特②,因为你用香烟把学校的书烧了个洞。我的外号是厄菲阿尔特③,因为我老爱打小报告。哈哈……那时候咱们还都是孩子哩!别怕,这是纳法尼亚!过来点儿……这是我妻子,娘家姓万岑巴赫……路德教派。"

纳法奈尔想了想,藏在了父亲身后。

---

① 路德教派:这里是在暗示他的妻子是德国人。
② 赫洛斯特拉特:古希腊以弗所人(今土耳其地区),为了出名于公元前356年放火烧毁了阿耳忒(tè)弥斯神庙(古代世界七大奇迹之一)。
③ 厄菲阿尔特:非洲马里人,在温泉关战役中因向波斯人告密,使斯巴达军队遭遇敌人两面夹击而惨败。

"你过得怎么样，伙计？"胖子问道，高兴地看着朋友，"在哪儿就职？做多大的官啦？"

"是啊，亲爱的朋友！我现在是八等文官，已经两年了，还得过斯坦尼斯拉夫勋章①。薪水不多，咳，管它呢！妻子教音乐课，业余时间我就用木料做烟盒，非常漂亮！一卢布一个。要是有人买十个以上，就给他打折。日子还过得去。跟你说，我以前在部里任科员一职，现在被调到这儿当科长，还是原来的部门，以后我就在这儿上班了。你怎么样？大概升到五等了吧，啊？"

"不，亲爱的，还要高些，"胖子说道，"升到三等了，得过两枚勋章。"

瘦子突然脸色苍白，呆住了。但很快他的脸就变了形，露出一个大大的笑容，好像从他的脸上和他的眼睛里直冒火星似的。他的身体蜷缩起来，后背弯曲了，矮了半截……他手里拎的大大小小的包裹好像也缩小了，发皱了……他妻子的长下巴似乎拉得更长了。纳法奈尔直挺挺地站着，系上了衣服的所有纽扣……

"阁下，太荣幸了！这么说吧，小时候的朋友竟然当了大官！嘿嘿。"

"哎，算了吧！"胖子皱了皱眉，"怎么用这种口气？咱们从小就是朋

---

① 斯坦尼斯拉夫勋章：1765年由波兰国王斯坦尼斯拉夫·奥古斯特设立的勋章，1831年传到俄国，分为三个等级。

友,干吗这么客套?"

"必须的,瞧您……"瘦子嘿嘿地笑着,身子缩得更小了,"承蒙阁下关照,如沐雨露甘泽……阁下,这是我的儿子纳法奈尔,这是我妻子鲁意莎,她是路德教派,没错……"

胖子本想说点儿什么,可瘦子的脸上写满了敬意、谄(chǎn)媚、谦恭,让三等文官感到恶心。他转过头去不看瘦子,只伸出手跟他道别。

瘦子握住胖子的三根手指,深深地鞠了一躬,嘻嘻笑着。他妻子也笑了。纳法奈尔把鞋跟啪地一碰,收脚敬礼,把帽子都晃掉了。三个人又惊又喜。

在催眠术表演会上

宽敞的大厅内灯火通明、人头攒动,这里的主角是一名催眠师。尽管他个子矮小、其貌不扬,却容光焕发、光彩夺目。大家冲他微笑、为他鼓掌、服从他的指令,所有人在他面前都黯然失色。

他确实在创造奇迹:不是让这个人睡着了,就是让那个人不动了,要么就是让一个人不由自主地将后脑勺放在一张椅子上,脚后跟放在另一张椅子上,还使得一名瘦高的记者将身子扭成了螺旋状。总之,鬼知道他是怎么做到的。他在女士身上造成的影响尤其强烈,她们在他的目光下像挨打的苍蝇,仿佛失了魂一般。哇,女人的神经啊!要是没有女人,这个世界得多无聊!

在所有人身上试过自己的精湛技艺之后,催眠师向我走来。

"我觉得您是一个随和的人，"他对我说，"您很敏感，容易激动。你愿意让我催眠睡一觉吗？"

"为什么不呢？亲爱的，你可以试试。"我在大厅中央的一张椅子上坐下，催眠师坐在对面的椅子上。他抓起我的双手，用毒蛇一样吓人的目光直视我可怜的双眼。

观众围在我们四周。

"嘘，先生们！嘘，别出声！"

大家安静下来看着我和催眠师。我们坐在那儿，四目相对。一分钟过去了，两分钟过去了，时间在一点点流逝。我的后背起了鸡皮疙瘩，心脏突突直跳，但一点儿睡意也没有。

五分钟过去了，七分钟……

"他没受影响！"有人说，"太好了！这人了不起！"

我们继续对视着，但我还是没有困意，甚至都没打盹。要是看地方自治会的会议记录，我早就睡着了。

观众开始窃窃私语、暗自发笑，而催眠师开始坐立不安，直眨眼睛。

这可怜的人！有谁失败了能高兴呢？救救他吧，神啊，让梦神摩耳浦斯来合上我的眼皮吧！

"他没受影响！"还是那个人的声音，"行了，可以啦！我早说过是骗人的把戏！"

正当我打算听从这位好心人的话，从椅子上站起来的时候，突然感到手掌内有一个不同寻常的物件，我凭借着触觉，感受到这东西是一张小纸片。我父亲是大夫，当大夫的用手一摸就能辨别出纸的质地。根据达尔文理论，我从父亲身上遗传了不少才能，当然也包括这项可爱的本领。我觉察到这是一张五卢布钞票。一旦发现这一点，我立刻睡着了。

"哇，催眠师真厉害！"

大厅里的几名医生向我走来，他们围着我转来转去，又不停地闻了闻，然后说："嗯，他被催眠了。"

催眠师对这个结果表示满意，他在我头顶上方摆了摆手，于是我这个睡着了的人在大厅内走动起来。

"试试让他的手臂僵直！"有人提议，"能办到吗？让他的手臂僵直不动。"

催眠师可不是胆小鬼！于是，他把我的右手拉直，开始操控起来：又是搓，又是吹，又是拍。可是我的胳膊却不听话，像一块抹布似的耷拉着，不愿意僵住。

"没有僵住！叫醒他吧，不然容易出事。瞧，他那么瘦弱，又容易紧张。"

这时，我感觉左手手心里又多了一张五卢布钞票……这一刺激通过条件反射从左手传递到右手，右边胳膊立刻僵直不动了。

"哇！你们看，他的手又硬又凉！像死人一样！"

"完全麻木，体温下降，脉搏虚弱。"催眠师宣布道。

医生开始给我把脉。

"没错，脉搏更虚弱了，"其中一位说道，"手臂完全麻痹，体温骤然下降。"

"这怎么解释？"一位女士问。

医生煞（shà）有介事地耸了耸肩，叹了口气说："我们只知道这是事实！可惜无法解释！"

你们得到的是事实，而我得到的是两张五卢布钞票。相比之下，我的东西更实惠。这得感谢催眠师。说到解释，我可用不着……

可怜的催眠师！你干吗招惹像我这么阴险的人？

话说回来，这是不是太龌龊（wòchuò）了？

直到刚才，我才明白，原来那两张钞票不是催眠师放进我手里的，而是我的上司彼得·费多雷奇放的……

"这件事，"他说，"是我干的，为了检验你是否诚实。"

唉，活见鬼！

"可耻啊，老兄，你这样骗人可不好，我没想到你会这样。"

"可是大人，我有老婆、孩子要养，还有老母亲要赡（shàn）养，再说现在物价这么高……"

"这可不好,你居然还想办报纸!在午餐会上发言的时候你慷慨陈词,热泪盈眶。现在想想真是可耻。我原本以为你很诚实,结果你一点儿也不磊落。"

我只好把两张五卢布还给了他。有什么办法呢?名誉重于金钱。

"我不生你的气!"上司说,"算了吧,你本来就是这个德性。可是她,太让我吃惊了!她!这么一个温柔、天真的人!竟然也贪图钱财!她也睡着了!"

上司说的这个"她"指的是他的夫人,玛特廖娜·尼古拉耶夫娜……

普里希别耶夫士官

"普里希别耶夫士官!您被指控于今年九月三日,在言语和行动上有羞辱县警察日金,乡长阿利亚波夫,乡村警察叶菲莫夫,证人伊万诺夫、加夫里洛夫,还有六名村民,而且前面三人遭您羞辱的时候正在执行公务。您承认自己有罪吗?"

普里希别耶夫满脸皱纹、长相刻薄,只见他双手紧贴裤缝,用低沉喑哑的声音一字一板地回答,像是在发号施令:"大人,治安法官先生!是这样的,法律明文规定任何定罪都得以事实为依据。有罪的不是我,是他们。整个事件是由一具死尸引起,愿他安息。三号那天,我和妻子安菲萨规规矩矩走路的时候,发现河边有一大堆人。老百姓有什么权利聚堆?请问,凭什么?难道法律规定老百姓可以拉帮结伙?我就让他们散开!我开始推他们,让他们各自回家，让乡村警察把他们撵（niǎn）走……"

"对不起，您不是县警察，也不是村长，难道撵人这事归您管？"

"不归他管！不归他管！"审讯室里喊声四起。

"有他在日子没法过，大人！我们忍他十五年了！他退伍之后，我们还不如从村子里逃走呢。他把我们害得好苦！"

"没错，大人！"村长作证说，"所有人都讨厌他。根本没办法跟他待在一起！无论我们拿着圣像去教堂、举行婚礼，还是干别的什么事，他总是会出来制止、捣乱，定各种规矩。他爱揪小孩的耳朵，好监视婆娘们的行踪，生怕她们出乱子，多管闲事……前几天他又走街串巷，命令大家不许唱歌，不许点篝（gōu）火。他说没见法律规定可以唱歌。"

"等等，您待会儿再作证，"治安法官说，"现在让普里希别耶夫接着说。您接着说，普里希别耶夫！"

"遵命！"士官哑着嗓子说，"大人，您听我说，驱赶老百姓这事不归我管，是没错，可要是乱了规矩呢？难道能允许老百姓胡作非为吗？哪条法律规定老百姓可以任意胡来？我绝不答应。要是我袖手旁观，还有谁管他们？应该说全村除了我之外，没有人真的懂规矩。大人，只有我知道如何跟老百姓打交道，大人，我一清二楚。我不是村夫，是士官，是退休军需官，以前在华沙参谋部效过力，退伍后在消防队效力，因为身体不好离开了消防队，在男子中学当了两年看门人，各种规矩我都懂。可是村夫头脑简单，啥

也不明白，他们必须要听我的，因为这对他们有好处。就拿这件事来说吧，我驱赶老百姓，是因为河滩上有个淹死的人，请问他为什么躺在那儿？这像话吗？县警察为啥干瞅着？

"我跟他说：'警察先生，你为什么不向上司报告？也许这人是自己淹死的，也许有犯罪嫌疑，也许是一桩谋杀案……'可是县警察日金根本不在乎，只知道抽烟，还说'您凭什么命令我？您打哪儿来的？您不发号施令，我们就不知道怎么办吗？'我说：'你不知道怎么办，因为你什么都没做。'他说：'昨天我就向区警察局长汇报过了。'我问：'为什么要向区警察局长汇报？是哪项条款的规定？难道区警察局长能管这种淹死人、勒死人的事？'我说：'这属于刑事案件，得给侦查员和法官派一封急件，但事先你得写份报告给治安法官先生送去。'可是他，这位县警察一直笑呵呵地听着。那些村民也一样。他们一直在笑，大人，我发誓。他笑了，还有他，日金也笑了。我说：'你们笑啥？'县警察说：'这事不归治安法官管。'一听这话我就火了。这话是不是你说的？"士官转而问向县警察日金。

"是我说的。"

"大家都听见了，你当着所有老百姓的面说：'这事不归治安法官管。'大家都听见你这句话了。大人，我一听就火了，我甚至吓坏了。我说：'你再说一遍刚才的话，再说一遍！'他把这话又说了一遍。我对他说：'你怎么能这么说治安法官先生呢？你这个当警察的要反抗当局吗？

啊?'我说:'你知不知道,要是治安法官先生愿意,他能因为这话把你送到省宪兵局去,罪名是言行不端?你知不知道,就冲这条政治言论,治安法官先生能把你发配到哪儿去吗?'这时乡长说:'治安法官不能做越权的事。他只负责小案子。'他就是这么说的,在场的人也都听见了。我说:'你怎么敢贬低当局的权威?别跟我开这种玩笑,老兄,不然没好下场。'在华沙服役或者在男子中学当看门人那会儿,一听见这种不成体统的话,我就朝街上看,看有没有宪兵路过,我会喊长官到这儿来,然后一五一十地向他汇报。可在乡下能向谁汇报?所以我很恼火。现在的老百姓忘乎所以了,一点儿也不听话,真让人生气。我一拳打过去,当然,我并没用力,只是轻轻一拳,谁让他胆敢用那种话说大人您的。县警察出来袒(tǎn)护乡长,所以我也给了他一拳,结果就是我失态了。大人,可是不这样不行,不打人不行。要是不打这个蠢材,良心上过不去。尤其是出了这种扰乱秩序的事。"

"对不起!维持秩序这种事有人负责。有县警察、乡长、村警察……"

"县警察管不过来,再说他也没我懂得多……"

"可是这不关您的事!"

"什么?怎么不关我的事?奇怪……老百姓胡作非为还说不关我的事!难道应该表扬他们吗?他们跟您说我不让他们唱歌……唱歌有什么好处?不干正经事,唱什么歌?还赶时髦(máo),开篝火晚会!应该上床睡觉才对,可他们又说又笑的。我都记下来了。"

"您记下了什么？"

普里希别耶夫从兜里掏出一张油渍（zì）渍的纸，戴上眼镜读起来："点了灯闲坐着的人有：伊万·普罗霍罗夫、萨瓦·尼基福罗夫、彼得·彼得罗夫、舒斯特罗娃——她是个寡妇，还有伊格纳特·斯韦尔乔克，他是变戏法的，他的妻子马夫拉是女巫，半夜三更就去挤别人家奶牛的奶。"

"够了！"治安法官说完，开始向证人问话。

普里希别耶夫士官将眼镜举到额头上，吃惊地看着治安法官，发现治安法官明显不站在他这边。他凸出的眼睛闪闪发亮，鼻子变成了鲜红色。他看着治安法官和证人，弄不明白为什么治安法官这么激动，为什么审讯室里的人都在窃窃私语或忍俊不禁。让他弄不明白的还有判决结果：拘留一个月！

"为什么？！"他摊开双手，疑惑不解地问，"哪条法律规定的？"

有一点他很清楚，这个世界变了，变得简直没法活下去了。他感到有些沮丧。但是，当他走出审讯室，看见村民聚在一起说着什么的时候，出于习惯，他伸直双手紧贴裤缝，用沙哑的声音生气地喊道："大伙儿都散开！不准聚堆！回家去！"

嫁妆

我这辈子见过很多房子,大的、小的、石头的、木头的、旧的、新的,但有一座房子给我留下了深刻的印象。它不大,是个小房子。它很矮,是个有三扇窗户的平房,就像个戴包发帽的驼背小老太婆。它有白灰泥墙、瓦片屋顶和灰泥脱落的烟囱,整个淹没在房主的祖先种下的桑葚(shèn)、槐树和杨树的绿荫之中。它在绿荫丛中难以看见,然而这并不妨碍它是一座城市里的房子。它宽敞的院子跟其他同样宽敞且绿荫环绕的院子排成一行,构成了莫斯科大街的一部分。从来没人驾车从这条街上经过,也很少有行人路过。

小房子的百叶窗经常关着,因为光线对他们来说没用,所以窗户从来没开过。况且,房子里的人也不喜欢新鲜空气,对于那些长期住在桑葚、槐树和牛蒡（bàng）丛中的人，想必已经对大自然满不在乎了。上帝只将欣赏自然美景的能力赋予来别墅休闲的人们，其他人则对这些美景全然无知。人们向来对富足的东西不太在意，不珍惜自己所拥有的，也不喜欢自己所拥有的。房子周围宛如人间天堂，绿树成荫，百鸟欢唱。可是小房子里面，唉！夏天又热又闷，冬天热得跟澡堂子似的，有股煤气味，而且非常乏味，特别乏味……

我第一次访问这座房子是很久以前的事了。受房主奇卡马索夫上校之托，我替他问候他的妻女。第一次拜访的情景我记得很清楚，也不可能记不清楚。

请想象一下当您从前堂走进客厅时，一个四十岁左右矮小且虚胖的女人惊恐地看着您的情形吧。您是外人、是客人、是年轻人，这就足以让她感到惊恐万分了。您的手里没有铁锤，没有斧子，也没有手枪，您善意地微笑着，可迎接您的却是她焦虑不安的神情。

"请问，您是哪位？"中年妇女用颤抖的声音问道，而我却已经认出她就是女主人奇卡马索娃。

您自报家门，说明来意。惊恐的神情换成了高兴的、富有穿透力的一声"哇！"她的眼珠同时往上一翻。这一声"哇"像回声一样，从前堂传到大厅，从大厅传到客厅，从客厅传到厨房……一直传到地下室。很快，房子里就充满了各种快活声调的"哇"。过了五分钟左右，您坐在客厅那既柔软

又热乎的大沙发上，听见"哇"声已经走出大门，顺着整条莫斯科大街响了起来。

房间里弥漫着除虫粉和新羊皮鞋的味道，鞋子用一条围巾包着，就放在我旁边的椅子上。窗台上有一盆天竺（zhú）葵，还有晾晒着的几条薄纱女衫。女衫上落着几只吃饱了的苍蝇。墙上挂着一幅某主教的肖像，是用油彩画的，镶画的画框玻璃裂了一角。主教像的旁边，是一排祖先的画像，他们全都面色橙黄、长着吉卜赛人的脸型。桌上有一枚顶针、一团线和一只还没织完的袜子，地板上潦（liáo）草地放着一些纸样子和一件针脚马虎的黑色女式短衫。旁边的房间里，两个慌里慌张的老太婆正捡起地板上的纸样子和碎布头……

"对不起，家里太乱了！"奇卡马索娃说道。

她跟我谈话的时候，时不时拘谨地瞥一眼房门。房间里的人仍在收拾地上的纸样，房门似乎也在发窘，时而拘谨地打开一条小缝，时而又重新关上。

"你有事？"奇卡马索娃冲房门方向说道。

"父亲从库尔斯克寄给我的领巾在哪儿？"门后有一个女人用法语问。

奇卡马索娃随即用法语回答道："哎呀！玛丽娅，怎么能这样呢？哎呀，怎么能这样！这儿有一位我们不太熟悉的客人，你还是先问问卢克里亚吧。"

说完，她看向了我。"瞧，我们的法语说得多好啊！"我从奇卡马索娃的眼睛里读出了这样的话。她开心得脸都红了。

不久，门便开了。我看见一个身材瘦高的少女，十九岁左右，身穿薄纱长裙，系着金色腰带，我还记得她的腰带上挂了一把珠母贝做的扇子。她走进来，行了个屈膝礼后坐下，脸上泛起了红晕。先是有麻点的长鼻子红了起来，接着从鼻子红到眼睛那儿，又从眼睛红到鬓角。

"这是我女儿！"奇卡马索娃拉长了声音说，"玛涅奇卡，这位年轻人是……"

我跟她们做了自我介绍，并对有这么多纸样表示惊讶。母亲和女儿垂下了眼睛。

"每逢耶稣升天节，我们这个地方都会有一个大集市，"母亲说，"我们常在集市上进购大量布料，然后做一年针线活，直到下次集市开张。我们从不把针线活交给别人。我家彼得·谢苗内奇赚得不多，所以我们不敢大手大脚地花钱，只能自己做。"

"可是你们怎么能穿得了这么多衣服呢？你们只有两个人。"

"唉……这怎么能是现在穿的呢？这不是现在穿的！这是嫁妆！"

"哎呀，妈妈，您说什么呀？"女儿说着，红了脸，"这位先生真会这么想的……我永远不嫁人！永远不嫁！"

她虽然这样说，但说到"嫁人"这个词时，眼睛却闪亮亮的。

她们给我端来了茶、面包干、果酱、黄油，后来又端来了马果林拌奶油。傍晚七点，开始晚餐，晚餐有六道菜。吃晚饭时我听见了一个大大的哈欠声，有人在隔壁房间大声打哈欠。我吃惊地看了看房门：只有男人才能这样打哈欠。

"这是彼得·谢苗内奇的兄弟叶戈尔·谢苗内奇……"奇卡马索娃发现我惊讶的表情后解释说，"去年开始他就住在我们家。您得原谅他，他不能出来见您。他怕生，不好意思见陌生人。他打算进修道院了，之前他在担任公职时受了些委屈，所以心里难过……"

晚饭后，奇卡马索娃拿出一条神甫用的长巾给我看，是叶戈尔·谢苗内奇亲手做的，打算日后捐给教堂。有那么一会儿，玛涅奇卡克服了她的胆怯，给我看她给她爸爸做的一只荷包。当我装出对她的手艺大为惊叹的样子时，她红了脸，在母亲耳边低声说了句什么。母亲立刻容光焕发，提议让我跟她一起去储藏室看看。在储藏室里，我看见了五只大箱子和很多小箱子、小柜子。

"这些是……嫁妆！"母亲小声对我说，"我们自己做的。"

我看了看这些阴森森的箱子后，打算跟好客的主人道别。她们让我答应以后有空再来。

第一次造访后，过了七年多，我才有机会兑现这个承诺。当时，我作为一宗诉讼案件的鉴定人被派往那个小城。一走进那间熟悉的小房子，我又听见了"哇"的叫声。她们认出了我。也难怪！我的第一次造访在她们的生活中是个大事件，而那里的大事件很少，因此会令人久久难忘。

走进客厅时我发现母亲更胖了，而且头发也白了。她正在地板上爬来爬去，裁剪一块蓝色布料；女儿则坐在沙发上缝东西。依旧是那些纸样，依旧是除虫粉的味道，依旧是破了一角的画框。但变化还是有的。主教像旁边挂上了彼得·谢苗内奇的肖像，而且所有女眷都穿着丧服。彼得·谢苗内奇是在晋升将军仅一周后去世的。

我们开始回忆往事。将军夫人哭了起来。

"我们真的遭受了很大的不幸！"她说，"彼得·谢苗内奇的事您知道吗？他不在了。我们成了孤儿寡母，得自己照顾自己。叶戈尔·谢苗内奇倒还活着，但我们没法说他的好话。修道院根本就不接收他，因为……因为他酒喝得太厉害。现在因为心里不痛快，喝得更凶了。我打算到首席贵族那儿告他的状，他都打开过箱子好几次了……他把玛涅奇卡的嫁妆拿去施舍给香客，其中两个箱子里的东西都被他拿光了！再这样下去我的玛涅奇卡就连一件嫁妆都剩不下了……"

"您说什么呀，妈妈！"玛涅奇卡不好意思地说。

"这位先生真会这么想的……我永远永远不嫁人！"

玛涅奇卡热情地、满怀期待地看着天花板，显然不相信自己说的话。

这时，一个矮小的男人溜进了门厅。他的头顶秃了一大块，身上穿着棕

色的常礼服，脚上只穿了套鞋没穿靴子，像老鼠一样弄出了沙沙的声音。

"应该是叶戈尔·谢苗内奇。"我想。我朝那对母女看去，她俩都苍老得厉害。母亲的头发变成了银白色，女儿则失去了光泽，整个人萎靡（mǐ）不振，看上去似乎只比母亲小了五岁。

"我打算去找首席贵族，"那位母亲忘了她已经说过这话，"去讨个公道！叶戈尔·谢苗内奇把我们做的东西都拿去捐了，为的是拯救他的灵魂。我的玛涅奇卡没有嫁妆了！"

玛涅奇卡涨红了脸，但这次她一句话也没说。

"只好从头再做了，可我们不是什么有钱人！我们是孤儿寡母！"

"我们是孤儿寡母！"玛涅奇卡重复了一遍。

去年，命运再次将我带到这座熟悉的小房子里。一进客厅我就看见了女主人奇卡马索娃。她一身黑衣，系着孝带，坐在沙发上缝着什么。旁边坐着一个穿棕色常礼服的小老头，只穿套鞋没穿靴子。

一看见我，小老头就跳起来一溜烟地跑出了客厅……

奇卡马索娃笑了笑，对我回以问候，她用法语说："很高兴再次见到您！"

"您在缝什么？"过了一会儿我问。

"一件小衫。缝完后我要送到神父那儿藏起来，不然又得被叶戈尔·谢苗内奇拿走。现在我的东西都藏在神父那儿。"她

低声说。

说完,她看了看放在我们面前桌上的女儿的肖像,叹了口气说:"我们可是孤儿寡母啊!"

可是她的女儿在哪儿呢?玛涅奇卡在哪儿?我没有追问。我不想追问一个穿着重丧服的老太婆。我待在房子里的时候以及后来要走的时候,玛涅奇卡都没出来过,我既没听见她的说话声,也没听见她轻轻的、胆怯的脚步声……

我一切都明白了,心里感到无比沉重。

外科手术

  地方自治医院的医生请了婚假没来上班,所以医院暂时由医士库里亚金负责接诊。这是一个四十岁左右的胖男人,身穿磨旧的单排扣茧绸短上衣,破破烂烂的斜纹裤子,脸上一副重任在肩、心情愉悦的表情,左手食指和无名指之间夹着一根雪茄烟,发出臭烘烘的味道。

  教堂诵经士翁米格拉索夫走进候诊室。这是一个高大壮实的老头,穿棕色长袍系宽皮腰带,患白内障的右眼半闭着,鼻子上有一颗疣(yóu)子,远看像一只大苍蝇。诵经士用目光寻找着圣像,可是没找到,于是对着一瓶苯(běn)酚(fēn)溶液①在胸前画了个十字,然后从红手绢里掏出一块行

---

① 苯酚溶液:此处的苯酚溶液也叫碳酸溶液,是用来给医用器具杀菌消毒的材料。

圣餐礼时用的圣饼,恭恭敬敬地放在医士面前。

"啊……谢谢!"医士打着哈欠说,"您有什么事?"

"周日快乐,谢尔盖·库兹米奇①。我有件事求您。对不起,赞美诗里有句话说得真对,'我所喝的东西融入了泪水②'。前几天我跟老婆子喝茶,可结果——我的天哪!我一口也喝不下去,根本没法喝啊,真想死了算了。我想吃点儿东西,但咬不动!不只是那颗牙,整个半边脸都疼,没完没了地疼!耳朵也疼,受不了啊,就好像里面有根钉子或者别的什么东西,一跳一跳地疼!我们有罪,行为不端③……我犯下可耻的罪行,玷(diàn)污了自己的灵魂,一辈子好吃懒做④……罪有应得呀,谢尔盖·库兹米奇,我罪有应得!每次做完弥撒后神父都会批评我:'你笨嘴拙舌的,鼻音又重,唱赞美诗时谁都听不清楚。'您倒是说说,我张不开嘴,脸又肿,怎么唱歌呀。不行啊,我夜里也睡不着……"

"哦。请坐,张嘴!"

---

① 谢尔盖·库兹米奇:即医士库里亚金。
② 这是《圣经》赞美诗中的一段话。由于犯了欺诈和堕落的恶行,上帝将犹太人交给他们的敌人,让他们遭受虐待。有时犹太人只能吃混合了灰渣或尘沙的面包,他们伤心哭泣时,眼泪就跟他们喝的东西混在了一起。他们知道,这是因为他们犯下的罪孽惹怒了上帝的结果。
③ 出自基督教神学家、传教士安德烈·克里斯基创作的赞美诗:"我们有罪,行为不端,不诚实,顽固不化,有悖(bèi)您的训诫和指令……"
④ 出自东正教大斋节前唱颂的圣歌:"圣母啊!请将我置于救赎之路,因为我犯下可耻的罪行,玷污了自己的灵魂,一辈子好吃懒做。"

翁米格拉索夫坐下，把嘴张开。

库里亚金皱起眉头往嘴里看去。在因岁月侵蚀和烟熏发黄的牙齿中间，有一颗烂了个洞的龋（qǔ）齿。

"助祭让我抹洋姜酒，可是不管用。格利克里娅·阿尼西莫夫娜，上帝保佑她老人家身体健康，让我把从阿索斯山①带回来的一根细绳系在手上，还让我用温牛奶漱口。我承认绳子是系了，但没用牛奶，毕竟是斋戒期，我怕上帝见怪……"

"迷信……"医士稍作停顿后又说，"得拔掉它，叶菲姆·米赫伊奇！"

"您更清楚怎么办，谢尔盖·库兹米奇。您是受过教育的人，知道怎么处理，是该拔掉还是用药水或者想别的办法……您就是恩人哪！上帝保佑您身体健康，好让我们日夜为您祈祷，直到躺进坟墓。"

"小事一桩。"医士谦虚地说，他朝柜子走去，开始翻找拔牙器，"这种外科手术没什么大不了，你要知道拔牙的关键之处是动作熟练、手有劲。前几天地主亚历山大·伊万内奇·叶吉佩茨基来了，他跟您一个毛病，也是牙疼。他是有文化的人，问得很仔细，怎么拔，有啥后果。他跟我握了手，很尊重我。他在彼得堡住了七年，医生都看遍了也没有看好。我给他治了老半天，他一个劲儿求我：'您给我拔了吧，谢尔盖·库兹米奇！'为啥不

---

① 阿索斯山：位于希腊东北部，海拔 2033 米，很多 10 世纪修建的东正教修道院会集于此。

拔？可以拔。但是，该知道的事情得知道，不能稀里糊涂的。牙齿的情况各不相同，拔牙的时候有的得用镊子，有的得用钳子，有的得用扳子……需要见机行事。"

医士拿起一把钳子，迟疑不决地看了一会儿，之后把它放下，拿起镊子。

"好啦，把嘴张大点儿，"他一边说一边拿着镊子走到诵经士跟前，"我们来拔掉它。哦，没什么大不了的，首先得切开牙床做垂直牵引，这个很简单。"

说着，他扎破了诵经士的牙床："马上就好……"

"您就是我的恩人。我头脑简单，啥也不懂，上帝把知识传授给您……"

"张着嘴就别说话了，你的这颗牙比较容易拔，但也不排除会遇到牙根拔不出来的情况。不过这颗牙嘛，没什么大不了的，"他把镊子放进去，"等一下，别乱动，坐着别动，一会儿就好。"医士用力地往外拽，"关键是得挖深点儿，千万别把牙根拔断了。"医士一边说一边使劲往外拽。

"圣父，圣母，呜……"

"干啥？干啥？叫你别乱动！别用手抓我！手放下！"他使劲地拔，"马上就好。快了，快了！太不容易了！"

"圣父……保佑……"诵经士痛得叫起来，"老天啊！哇哇！快点儿

拔！快点儿！磨蹭啥呀？"

"毕竟是外科手术，不可能太快。快了，快了！"

翁米格拉索夫痛得把膝盖抬到胳膊肘那么高，手指发抖、眼珠凸出、呼吸急促……憋得通红的脸上渗出了汗珠，眼泪也冒了出来。

库里亚金喘着粗气，在诵经士面前跺着脚使劲拽。最难熬的半分钟过去了，镊子却从牙上掉了下来。诵经士跳将起来，伸出手指往嘴里摸，感觉那颗龋齿还在老地方。

"瞧你拽的！"他带着哭腔和嘲讽的口气说，"咋不把你拽到地狱去呢！要是没本事就别上手啊！疼死我了……"

"谁让你用手抓我的？"医士生气地说，"我拔牙的时候你老是推我的手，还说些混账话，笨蛋！"

"你才笨蛋呢！"

"伙计，你以为拔牙很容易吗？你倒试试！这跟爬上钟楼敲敲钟可不一样！"医士戏弄他说，"谁让你乱说'没本事，没本事！'的，看看你！我给亚历山大·伊万内奇·叶吉佩茨基先生拔牙的时候啥事也没有啊，人家一声没吭，手也不乱动，比你强多了。坐下！我说了，坐下！"

"疼死我了。让我喘口气……哎哟！"他坐下又说，"别磨蹭那么长时间，快点儿拔。你别磨蹭，快点儿拔，一下子拔出来！"

"教起我来了！真是的，没文化的大老粗！活这么大岁数……傻了吧！

张嘴……"医士把镊子伸进去,"老兄,外科手术不是闹着玩的,跟唱赞美诗不一样。"他用力拽着。

"别动……看来这颗牙老化了,牙根挺深……"他使劲地拽,"别动,好好,别动哦……"

"咔吧"一声。

"我早料到会这样!"

翁米格拉索夫一动不动地坐了一分钟,似乎失去了知觉。他昏迷了,眼睛直勾勾地看着前面,脸色苍白,汗水直流。

"要是用钳子就好了……"医士嘀咕道,"真费劲!"

恢复知觉后,诵经士把手指伸进嘴里,在原来长着龋齿的地方摸到了两个凸出的碎渣。

"见鬼!"诵经士骂道,"你们这种恶棍就该下地狱!"

"你还敢骂我,"医士嘀咕着,将镊子放进柜子,"真没礼貌!看来你挨的打太少了。亚历山大·伊万内奇·叶吉佩茨基先生在彼得堡住了七年,是个有教养的人,单是一件上衣就值一百卢布。人家都没骂人,你怎么这么嚣张?放心吧,死不了!"

诵经士从桌上拿起圣饼,用一只手捂着腮帮子回家去了……

夜莺演唱会

  我们在河岸上选了一块地方，趴在嫩绿的草地上，用拳头支着下巴，随心所欲地伸着两条腿。在我们的前面是褐色黏土沉积而成的陡峭河岸，身后是一片幽暗广阔的树林。我们脱掉春天的外套，而且不用支付二十戈比把衣服存起来，因为我们旁边，并没有剧场引座员。树林、天空和一直延伸到远方的田野，全都笼罩在月色之中；远处，有一点儿红色的灯火在忽明忽暗地微弱闪烁着。空气中弥漫着幽静和清香。这里具备歌唱家举办演唱会的所有条件，只要它——夜莺，不要考验我们的耐心，快点儿表演就行。可它一直不亮相，在等它出场的时间里，我们在倾听着节目单上其他表演者的演唱。

  晚会开始了，布谷鸟最先表演。它在树林深处的什么地方懒洋洋地"咕咕"地叫了起来，大概叫了十多声后便不再叫了。紧接着，两只红脚隼（sǔn）

"吱吱"地尖叫着从我们头上掠过。随后赫赫有名的低音歌手黄鹂开了腔,唱得非常专注。我们听着黄鹂的歌唱,感到精神舒畅,十分愉悦。如果不是几只白嘴乌鸦飞来留宿的话,我们真想就这么一直听下去。远方又出现一群白嘴乌鸦朝我们飞来,像是一片乌云,伴随着嘎嘎的叫声落在了林子里。这一群黑压压的白嘴乌鸦闹腾了很久也没消停。

正当白嘴乌鸦喊叫不休的时候,住在芦苇丛中的青蛙们也"呱呱"地喧闹起来,整整半个小时,音乐会现场各种声音此起彼伏,很快就汇在了一起。一只昏昏欲睡的鸫鸟亮开嗓子,林子里的黑水鸡和苇莺也随声附和着为它伴唱。之后是幕间休息,四周鸦雀无声,只有观众席旁边的草丛里有蟋蟀偶尔"唧唧"地唱上几句,打破了沉寂。

幕间休息时,我们的耐心达到了极限,开始埋怨起歌唱家来。当夜幕降临,月亮升到树林正上方的天空时,终于轮到我们的主角夜莺登场了。只见它出现在一棵小槭(qì)树上,然后轻捷地飞到一片黑刺李中,摇了摇尾巴不动了。它穿着一身灰色的羽衣,根本不把观众放在眼里,竟然穿土麻雀的衣服亮相。真丢脸,年轻的歌唱家!不是因为你,才有观众,而是因为观众,才有了你!它一声不吭地待了三分钟左右,一动也不动。现在你听,树梢开始发出簌(sù)簌的响声,清风徐来,蟋蟀的叫声更大了,在这位乐师的伴奏下,我们的歌唱家一展歌喉,表演了它的第一次啭(zhuàn)。我不想描述它的歌声,我只想说,当它稍稍扬起嘴巴"啾啾"地放声啼鸣,将清脆急促的歌声洒满树林的时候，连乐师都激动得忘了伴奏，寂然不动。它的歌声中充满力量和柔情，令人心旷神怡……

不过，我并不想抢诗人的工作，还是让他们去描绘这美妙的歌声吧。歌唱家继续唱着，观众凝神静听，周围一片安静。只有当猫头鹰出其不意地来一嗓子，想要夺走歌唱家的风头时，树林才会生气地低吼起来，风也跟着发出嘘声。

当天空露出鱼肚白、星光暗淡，歌唱家的声音变得更加轻柔时，这片树林的边上出现了伯爵地主家厨师的身影。他猫着腰，左手压着帽子，蹑（niè）手蹑脚地走着，右手拿着一只柳条筐。他的身影在树丛中时隐时现，很快就消失在林子里。夜莺又唱了一会儿，突然不唱了。这时，我们正打算离开。

"瞧这小坏蛋！"我们听见有人这样说，接着我们就看见了厨师。伯爵家的厨师朝我们走来，笑嘻嘻地让我们看他的拳头。从他的拳头里露出来的，是刚刚被他捉到的夜莺的小脑袋和尾巴。可怜的歌唱家！上天保佑，但愿谁都不要遭此厄运！

"您干吗抓他？"我们问厨师。

"关进笼子里呀！"

黎明即将到来，失去歌唱家的树林，在长脚秧鸡的一声哀鸣中开始喧闹起来。

厨师将玫瑰情人①——夜莺,塞进柳条筐,高高兴兴地朝村子跑去。我们也各自回家了。

① 玫瑰情人:指夜莺。在王尔德创作的童话《夜莺与玫瑰》中,夜莺为成全大学生的爱情,用自己的歌声和鲜血培育了一枝红玫瑰。

窝囊

前几天,我把孩子们的家庭女教师尤莉娅·瓦西里耶夫娜叫进了书房,准备给她结算工资。

"请坐,尤莉娅·瓦西里耶夫娜!"我对她说,"咱们把工资结了吧。您无疑是需要钱用的,可您太拘礼了,不好意思主动向我要。那好吧,咱们之前说好的工资是每月三十卢布。"

"四十……"

"不对,是三十,我都记下来了。我一直付给家庭教师都是三十卢布,那么,您在我家待了两个月……"

"两个月零五天……"

"不,正好两个月整,我都记下来了。也就是说,得给您六十卢布。因为星期天您不给科利亚上课，啥也没干，所以要去掉九个星期天，还有过节的三天，也要去掉。"

尤莉娅·瓦西里耶夫娜涨红了脸，开始揪衣服的皱边。可是，她一句话也没说。

"再加上三天节假日，这么说来得扣掉您十二卢布。科利亚病了四天无法上课，您只给瓦里娅一人上课。您有三天牙疼，我妻子允许您下午不用给他们上课。十二加七等于十九。扣掉之后，还剩……四十一卢布，对吧？"

尤莉娅·瓦西里耶夫娜的左眼圈红了、湿润了。她的下巴颤抖着。她不由自主地咳嗽起来，用力吸了吸鼻子，可是她一句话也没说！

"除夕晚上，您打碎了一个茶杯和一个茶碟，扣掉两卢布。茶杯很贵重，是祖传的东西，不过算了吧！谁能没点儿损失呢？还有，由于您看管不力，科利亚爬到了树上，把他的礼服撕坏了，扣掉十卢布；此外，因为您看管不力，女仆偷了瓦里娅的鞋子。您应该事事留意才对，您是拿薪水的。因此，还得扣掉五卢布……一月十日您从我这儿拿了十卢布……"

"我没拿。"尤莉娅·瓦西里耶夫娜小声说。

"可是我这儿都记着呢！"

"哦，算是吧……好的。"

"四十一卢布扣掉二十七卢布，还剩十四卢布……"

她的眼睛里泛起了泪水，好看的长鼻子上渗出了汗珠。可怜的姑娘！

"我就拿过一次，"她说道，声音发抖，"我从您妻子手上拿过三卢布……此外我再没有拿过……"

"是吗？瞧瞧，这一笔我都没记上！十四卢布扣掉三卢布，还剩十一卢布。给您！三卢布、三卢布、三卢布、一卢布、一卢布……拿着吧！"

我把十一卢布递给她，她接过去，用颤抖的手指塞进口袋。

"谢谢。"她小声说。

我猛地站起来，在房间里走来走去。我气坏了，问："为什么谢我？"

"因为你给了钱……"

"可是我克扣了您的工资，见鬼，是我抢了您的钱！要知道是我侵吞了您的钱财！就为这谢我吗？"

"在别的地方他们根本不付我钱……"

"不付钱？好吧，这一点儿也不奇怪！好了，刚才我跟您开了个玩笑，给您上了残忍的一课。我要给您八十卢布！已经装在信封里准备好了！可您干吗这么好欺负？为什么不反抗？为什么一声不吭？难道人不是应该以牙还牙的吗？难道能这么没骨气地活着吗？能这么窝囊吗？"

她苦笑了一下，我在她脸上看到的答案是"能"。

我请她原谅我的做法，将八十卢布分文不差地给了她，这令她十分惊讶。她怯生生地道了谢，出去了。看着她的背影，我不禁想道：在这个世界上，做一个不讲理的人还真是容易啊！

不平的镜子

我和妻子走进客厅。这里散发着一股苔藓的味道,湿气很重。当我们照亮整整一百年未曾见光的墙壁时,无数大大小小的老鼠仓皇逃窜。我们将身后的房门关上,但还是有风进来,吹动了堆在角落里的一叠叠纸。我们将光线照在那些纸上时,看见了纸上古老的文字和中世纪的图画。因年代久远而长出绿霉的墙上挂着祖先们的肖像,他们的眼神傲慢而严厉。

我们的脚步声在整幢房子里回荡。我一咳嗽,就有回声回应我,这种回声也曾经回应过祖先发出的声音……

屋外风在哀号、在呜咽,壁炉的烟道里像是有人在哭泣一般,发出一阵令人绝望的声音。硕大的雨点不断地敲击在漆黑污浊的窗户上,这敲击声让人感到厌烦。

"噢，祖先啊，祖先啊！"我重重地叹着气说，"如果我是作家，那么只要看着这些肖像我就可以写出一篇长篇小说。毕竟这些老人都曾青春年少过，而且无论男女，每个人都有属于自己的独特故事！比如这个老太太，她是我的曾祖母，这个其貌不扬的女人也有过一段相当有趣的故事。你看见没？"我问妻子，"看见挂在墙角的那面镜子了没？"

我将镶在发黑的黄铜框里的一面大镜子指给妻子看。镜子就放在角落里我曾祖母的肖像附近。

"这镜子有点儿邪气，它害死了我的曾祖母。她花大价钱把它买下来，至死都不曾与它分离。她不分昼夜地照镜子，从未停止过，就连吃饭喝水的时候也在照着这面镜子。躺下睡觉时她抱着它一起上床，临死时让人把它跟她一起埋进棺材。大家之所以没有完成她的心愿，只因为棺材里放不下。"

"她很妩媚吗？"妻子问。

"也许吧。难道她没有别的镜子吗？为什么她偏爱这面镜子，而不是别的镜子？难道她没有更好的镜子吗？不，亲爱的，这里面藏着一个可怕的秘密。绝对是这样。据说，这镜子里住着魔鬼，而我曾祖母偏偏喜欢魔鬼。当然这都是无稽之谈。但毫无疑问，镶着黄铜框的镜子拥有神秘的力量。"

我拂去镜子上的灰尘，朝它看了一眼，哈哈大笑。我的笑声引起了低沉的回声。原来这面镜子不平整，它把我的脸向四面八方拉伸：鼻子长在了左脸上，下巴给分成了两半、歪向一边。

"曾祖母的品位真奇怪！"我说。

妻子迟疑不决地向镜子走去，也往里面看了一眼，瞬间，一件可怕的事情发生了。只见她脸色苍白、四肢发抖、失声大叫，烛台从她的手中掉落，滚在了地板上。蜡烛灭了，我们置身于黑暗之中。下一刻，我听见有什么东西重重地倒在了地板上：是我的妻子，她晕倒了。

风声愈加凄婉（wǎn）哀怨，大老鼠四处乱窜，小老鼠在纸堆里沙沙作响。当护窗板突然脱落、往下滑去的时候，我感觉发根倒竖，毛骨悚（sǒng）然。月亮在窗外出现了……

我急忙扶起妻子，抱着她离开祖先的住处。一直到第二天的傍晚她才醒过来。

"镜子！给我镜子！"她醒过来以后说，"镜子在哪儿？"

后来，她整整一个星期不吃不喝不睡，只是一个劲儿地让人把镜子给她拿过来。她号啕大哭，撕扯自己的头发，坐立不安。大夫说她的情况不太乐观，再这样下去很有可能会死于精力衰竭，没办法，我只能克服自己的恐惧，再次来到祖先的住所，把曾祖母的镜子取来给她。她一看见镜子就高兴得哈哈大笑，抓着它、亲吻它、目不转睛地盯着它。

瞧，已经过去十多年了，她还是一个劲儿地照着那面镜子，一分一秒都不曾停止。

"难道这才是真正的我吗？"她轻轻地说着，泛起红晕的脸上散发出幸

福和痴迷的快乐神情,"没错,是我!除了这面镜子,一切都是谎言!别人在撒谎,我丈夫也在撒谎!哦,要是早点儿看见我自己,要是我早知道自己的真实模样,那我就不会嫁给他了!他根本配不上我!拜倒在我脚下的,应该是最英俊、最高尚的勇士……"

有一天,我站在妻子身后,无意间看了一眼镜子,发现了一个可怕的秘密。我在镜子里看见的是我这辈子从未见过的绝世美人,她简直就是大自然创造的奇迹,是美丽、优雅、端庄的完美化身。这是怎么回事?为什么我在镜子里那么难看,但我那个难看且笨拙的妻子在镜子里却变得如此美丽动人?这是为什么?

原来,这是因为不平的镜子将我妻子难看的脸向四面八方扭曲开来,由于五官被重新定位,所以意外地把人变漂亮了。正所谓负负得正。

现在,我和妻子一起坐在镜子面前看着它,一分一秒都不移开视线:我的鼻子跑到了左脸上,下巴给分成了两半、歪向一边。但我妻子的面容异常迷人,我心里猛然生出一种着魔似的疯狂热情。

"哈哈哈!"我粗野地笑着。

而我的妻子用勉强听得见的声音轻轻地说:"我真美!"

彩票

　　伊万·德米特里奇生活在小康之家，全家人一年的支出大概在一千二百卢布，他对自己的生活一直都很满意。一天晚饭后，他往沙发上一坐，开始看起报纸来。

　　"我今天忘了看报，"正在收拾餐桌的妻子说，"你看看报上有没有彩票开奖的号码？"

　　"有，"伊万·德米特里奇回答，"你的彩票没抵押吗？"

　　"没有，星期二我还领利息来着。"

　　"号码多少？"

　　"9499组，26号。"

　　"好，我看看。9499组，26号……"

伊万·德米特里奇从不相信买彩票能中奖，换作别的时间他肯定不会去看开奖的结果，但现在他闲着没事，而且报纸正好在眼前。他用手指从上往下划过彩票的期号。仿佛嘲笑他没有信心能中奖似的，才数到上面第二行，9499这个数字就赫然映入眼帘！他没看中奖号码，也没核实一下是否中奖，就立刻把报纸放在了膝盖上，好像有人往他的肚子上溅了冷水一般，感觉神清气爽，非常舒服：痒酥酥的，既紧张又甜蜜！

"玛莎，有9499！"他压低声音说。

妻子看见他惊愕的表情，知道他没开玩笑。

"是9499吗？"她一边问，一边把叠好的桌布放回桌子上，脸都白了。

"对，对……是的！"

"中奖号码是多少？"

"对啦！还得看中奖号码。不过先等等，等一下。不，看号码干什么？反正有咱们的彩票组号！反正有，知道吧……"

伊万·德米特里奇看着妻子，咧开大嘴傻笑着，像是一个孩子看见了闪闪发光的东西。妻子也笑了，她跟他一样开心：看到他只读出期号，却并不急于知道幸运彩票的号码，以此来折磨刺激自己，用可能中奖的希望吊足了自己的胃口，是多么甜蜜、多么刺激啊！

"有咱们的彩票组号，"伊万·德米特里奇沉默良久后说，"这说明咱们有可能中奖。虽然只是有可能，但毕竟大有希望！"

"好啦,快看看中奖号码。"

"着什么急,等会儿来得及失望呢。这一期在第二行上,这么说奖金有七万五呢。这不是钱,是靠山、是资产!要是我现在看一眼中奖号码有26号怎么办!啊?听我说,要是咱们真中奖了呢?"

夫妻俩笑了,他们久久地看着对方,一言不发。可能中了奖的想法冲昏了他们的头脑,他们甚至无法想象要用这七万五干什么、买什么、去哪儿旅

行。他们只想着这两个数字：9499和75000，并在想象中描绘着它们，至于可能实现的幸福本身，倒没怎么去想。

伊万·德米特里奇捧着报纸，从房间这边走到那边，来来回回走了好几次。当情绪稳定下来之后，才开始憧憬未来："要是我们中奖了怎么办？那可是新生活呀，是件大事！彩票是你的，要是我的，我就先花二万五买一座房子，类似庄园那种；再花一万用于一次性消费：买新家具、旅行、还债等，剩下的四万全存进银行吃利息……"

"嗯，庄园是不错，"妻子说着坐下，将双手放在膝盖上，"在图拉或奥廖尔买……首先不要别墅，其次庄园能有收入。"

于是，各种各样的画面在他的想象中纷至沓（tà）来，这些画面一幅比一幅甜美，一幅比一幅有诗意。在所有画面中，他都是满足的、平静的、健康的、暖融融的，甚至是热乎乎的！瞧，他刚喝完冰凉的杂拌汤，仰面躺在小河边的热沙子上或花园的椴（duàn）树下……真热啊……儿子和女儿在身边爬来爬去玩沙子，或者捉草丛里的瓢虫。他美滋滋地打着盹儿，什么也不想，只是清楚地意识到自己不用去上班了，今天不去，明天不去，后天也不去。躺腻了就去割草，或者在树林里采蘑菇，或者去看农夫用大渔网捕鱼。太阳快落山时，他拿着浴巾和肥皂懒洋洋地走进岸边的浴棚，不慌不忙地脱掉衣服，用两只手掌久久地摩擦着自己赤裸的胸膛，然后钻进水里。数不清的小鱼在混浊的肥皂泡周围往来穿梭，绿色的水草轻轻摇曳。洗完澡再来杯奶茶，吃一块奶油面包……傍晚去散散步或者跟邻居打打牌。

"是啊，能买庄园最好啦！"妻子说。她也在想入非非，从面部表情来看，她正沉迷在自己的幻想中。

伊万·德米特里奇在心里描绘着秋天的景象：绵绵的阴雨，凉爽的傍晚，酷热的秋暑。这样的时节，应该在花园里、菜园中和河岸上多走走，好让身体彻底冷却，然后喝一大杯伏特加，吃点儿腌松菇或茴（huí）香黄瓜，之后再喝一杯。孩子们从菜园里跑过来，抱着散发出新鲜泥土气息的胡萝卜和白萝卜……在这之后倒在沙发里，优哉（zāi）游哉地翻翻有插图的杂志，再用杂志把脸盖上，解开坎肩上的扣子，舒舒服服地打个盹儿……

秋暑过后是阴气沉沉的时节。雨水从早到晚下个不停，光秃秃的树木滴着水，风又湿又冷。狗、马和鸡浑身湿透，一个个无精打采、缩头缩脑的。这种天气无处可去，没法出门，只能整天待在屋里随便走走，看着灰蒙蒙的窗口发愁。真没劲！伊万·德米特里奇放下这个念想，看着妻子，说："告诉你，玛莎，我想出国……"

他想，最好在深秋的时候出国，去法国南部、意大利，或者印度，那该多好啊！

"那我也要出国，"妻子说，"行啦，你快看看中奖号码吧！"

"等等！再等一下……"他在房间里走来走去，继续思考着。他脑海里突然冒出个念头：要是妻子真出国了怎么办？一个人旅行多开心啊！千万别

跟一路上只知道惦记孩子、整日唉声叹气，连一个戈比都舍不得花的女人去旅行。伊万·德米特里奇想象着和妻子带着大包小包行李坐火车的情形。她不停地长吁短叹、埋天怨地，说什么旅途劳顿、头痛欲裂、她的钱花得太多了，每到一个停车站她都会跑下去打热水、买汉堡和矿泉水……她舍不得去餐厅吃饭，嫌那里东西太贵……

"她准会看紧我的每一个戈比，"他想着，看了一眼妻子，"因为彩票是她的，不是我的！但是她出国有啥用？她能见到什么世面？她保准会待在酒店房间里不出门，并且不让我出门……我知道一定会这样！"

于是，他生平第一次注意到他的妻子老了、难看了，浑身上下都散发着一股厨房里的油烟味，而他自己还很年轻，身体健康、活力充沛。

"当然啦，这些都是小事，不值一提，"他想，"可是……她去国外干什么呢？她能有什么长进吗？她要是去了……我能想象得出来……其实对她来说那不勒斯跟克林一个样。她只会给我添乱，我肯定会受到她的限制。我能想象到，她一得到那笔钱会立刻将它们层层锁起来，女人都这样……把钱藏起来不让我知道，好去接济她的亲戚，而我花的每一分钱她都要斤斤计较。"

伊万·德米特里奇想起了她的亲戚。那些兄弟姐妹、叔伯姨婶要是知道他们中了奖，一定会全都跑来，死乞白赖地向他们要钱。他们一个个满脸堆笑、虚情假意，真是讨厌的可怜虫！倘若把钱给他们，他们便会得寸进尺；

倘若拒绝他们，他们则会指桑骂槐、搬弄是非、使坏心眼。

伊万·德米特里奇想起了自己的亲戚，以前他对这些脸孔毫无感觉，现在却让他觉得恶心、讨厌。

"都是些小人！"他想。

妻子的脸也让他觉得面目可憎，令人讨厌，他打心眼里恨她。于是，他幸灾乐祸地想："钱的事她一窍不通，所以才这么吝啬。要是中了奖，她最多只会给我一百卢布，剩下的她肯定会全部锁起来。"

想到这，他收起了笑容，恶狠狠地看着妻子。

她也看了他一眼，同样是恶狠狠的样子。她有自己的美好梦想，有自己的安排和打算；她非常清楚丈夫的想法，知道谁会第一个把爪子伸向她的奖金。

"拿别人的钱做美梦！"她的眼神分明在这样说，"不行，你休想！"

丈夫读懂了她的目光，心里的怨恨更强烈了。为了让妻子难过、故意惹她生气，他瞥了一眼报纸的第四版，得意扬扬地宣布："9499组，46号！不是26号！"

希望和怨恨一下子都消失了，伊万·德米特里奇和他的妻子突然觉得他们所住的房间又黑暗又矮小，自己刚才吃的晚餐也没有吃好，这会儿胃部十分难受。

夜晚变得既漫长又乏味……

"活见鬼，"伊万·德米特里奇开始找茬（chá）说，"脚底下都是碎纸片、面包渣、鸡蛋皮，走到哪儿都这样！你从来不打扫房间！脏乱得想让人离家出走，真是见鬼！"